타인의
집

손원평
소설집

타인의
집

창비

차례

4월의 눈   7

괴물들   41

zip   67

아리아드네 정원   101

타인의 집   135

상자 속의 남자   171

문학이란 무엇인가   203

열리지 않은 책방   237

해설 | 전기화   249

작가의 말   267

수록작품 발표지면   270

4월의

눈

눈이 쏟아질 것 같은 수상한 날씨였다. 우리는 까페에 앉아 있었다. 그건 아내가 "집에서 얘기하면 미쳐버릴 것 같으니까"라고 말했기 때문이다. 나는 아내와 여행하기 위해 휴가를 낸 상태였지만 결국 우린 아무 데도 가지 못했고 휴가는 여전히 며칠이나 남아 있었다.

종업원들이 우리를 이따금씩 훔쳐보곤 자기들끼리 속닥였다. 우리 사이에 많은 이야기가 오가지는 않았다. 그건 집에서처럼 밖에서도 변함없는 사실이었다. 마침내 내가 "그렇게 하자"라고 말하자 아내는 가볍게 고개를 끄덕였다. 그렇게 해서 우리는 오년 사개월의 결혼생활을 끝내자는 결론에 다다랐다. 시간은 생각보다 많이 흘러 있었고 비가 눈으로 바뀌어 내리기 시작했다. 서둘러 집으로 향한 우리는 현관 앞에 앉아 우리를 기다리고 있던 마리를 발견했다. 마리는 사진으로 본 것보다 덩치가 크고 나이가 들어 보였다. "아녕하쎄여." 어색한 발음으로 인사하며 활짝 웃는 얼굴 위로 깊고 굵은 주름이 고랑처럼 파여 그 안으로 빗물인지 땀인지 모를 것들이 순간적으로 고였다.

여행자를 위한 비앤비 어플에 글을 올린 건 수개월 전의 일이었다. 잠깐이었지만 세계 각지의 사람들과 친구가 되고, 그들을 우리 집에 머물게 하거나 우리도 그들의 집에 가서 여행하는 것처럼 살아도 좋겠다고 생각하던 때가 있었다. 아내는 이렇게 말했었다.

"우리는 앉은자리에서 세계 여행을 할 수 있는 거야!"

그래서 우리는 집 안팎의 사진을 몇장 찍어 어플에 올렸다.

서울 중심부. 지하철역에서 7분 거리의 깔끔한 아파트.
날마다 깨끗한 수건과 정갈한 한국식 아침식사를 제공해드리며,
서울 여행을 적극적으로 도와드립니다.
한국에 오신 것을 진심으로 환영합니다.

반응은 의외로 뜨거웠다. 말 그대로 세계 각지의 사람들이 메시지를 남겼는데, 일본과 중국에서 온 문의가 가장 많았고 동남아와 유럽, 라틴아메리카와 중동, 심지어 아프리카에서도 우리 집에 머물고 싶다는 연락이 왔다. 어떤 의미에서 참으로 현실감 없는 일이었다. 아내는 매일같이 메시지와 메일을 확인하며 각국 여행자들의 프로필을 라디오 디제이가 된 듯 읽어주었다. 그 일은 그녀에게 머릿속의 다른 생각들을 잊게 했던 것 같다. 그때 우리는 잠깐 사이가 좋았고 새로운 미래를 꿈꿔보기도 했었다.

마리 크라우제.
53세, 여성, 핀란드 로바니에미 거주.
한국에 관심이 많습니다.
즐거운 여행을 할 기회를 가지고 싶습니다.

마리의 자기소개는 평범했다. 사진으로 본 마리는 빛바랜 금발에 푸른 눈을 가진 전형적인 북유럽 여성이었다. 아내는 마리가 핀란드, 그것도 로바니에미에 살고 있다는 게 흥미로운 모양이었다.

"핀란드 같은 데서 한국에 오려고 한다는 게 신기해. 게다가 로바니에미라면 산타 마을로 유명하잖아. 거기 살다가 서울에 오면 시시하지 않을까?"

"그곳 사람들은 거기가 더 시시하게 느껴질지도 모르지."

나는 몇년 전에 텔레비전 토크쇼의 패널로 출연해 한국에 대해 해박한 지식을 뽐내던 핀란드 여자를 언급하며, 핀란드에도 한국에 관심 있는 사람이 더러 있을 거라고 했다. 아내는 마리가 혼자 여행하려 한다는 걸 알고는 이렇게 말했다.

"나도 오십대가 됐을 때 혼자 여행할 수 있는 용기가 있었으면 좋겠다. 산타 마을 같은 데로 말이야."

"이 마리라는 여자네 집에 가면 되겠네. 그때쯤이면 이 사람은 일흔이 넘겠지만."

우리는 마리에게 답장을 보냈다. 마리는 1월 중순에 일주일가량 머물러도 괜찮겠느냐고 물었고 우리는 그렇게 하라고 했다. 그녀의 방문을 앞두고 아내와 나는 마리와 나눌 화제의 목록을 꼽아봤다. 그래봤자 우리가 핀란드에 대해서 알고 있는 건 자일리톨 껌이나 피니시 사우나 따위가 전부였다.

하지만 우리는 1월에 마리를 만나지 못했다. 오기로 예정된 당일, 마리는 개인적인 이유로 돌연 여행을 취소하게 됐다며 미안하다는 짤막한 이메일을 보내왔다. 전날 우리는 대청소를 하고 장을 잔뜩 봐둔 상태였고 메일을 확인했을 때 아내는 마리에게 대접할 첫번째 한국 음식인 김치볶음밥을 하기 위해 김치를 썰던 중이었다. 우리는 언짢아졌고 아내는 하던 칼질을 멈췄다. 그날 저녁 우리는 김치볶음밥이 될 뻔했던 김치찌개를 먹었다. 필요 이상으로 잘게 잘린 김치와 맵기만 한 국물은 별로 맛이 없었다.

나는 마리의 예의 없는 행동을 비난하고 우리가 겪은 고충을 설명하기 위해 노력했지만 타국의 언어로는 화를 내기가 쉽지 않았다. 고생 끝에 완성한 메일에 쓰인 건, 마리가 방문하지 못해 유감이며 다음에 한국에 오게 된다면 언제든지 우리 집으로 찾아와도 좋다는 내용이었다. 몇번을 고쳐도 호의로 가득 찬 뉘앙스는 달라지지 않았고 결국 나는 아무래도 상관없다고 생각하며 진심과는 거리가 먼 메일을 전송했다.

그후로도 우리 집에 머물고 싶다는 세계 각지로부터의 팬레터는 계속해서 도착했다. 그러나 우리 부부의 사이는 또다시 급격하게 나빠지고 있었고 얼마 후 아내는 어플에 올렸던 글을 지웠다.

다시 마리로부터 연락을 받은 건 그녀가 도착하기 이틀 전의 일이었다. 글을 내린 지도 오래였고 그뒤로 마리와는 전혀 교류가 없었기 때문에 몹시 뜻밖이었다. 마리는 내일모레인 월요일에 한국에 도착하며, 공항에 마중 나올 필요는 없고 알아서 집으로 찾아오겠다는 내용의 이메일을, 스마일 이모티콘을 곁들여 보내왔다. 거듭 반복된 마리의 일방적 통보에 나와 아내는 어안이 벙벙해졌다. 하지만 내가 보낸 메일을 다시 확인한 결과 우리는, 정말 눈치가 없는 사람이라면 '언제든지 우리 집으로 찾아와도 좋다'라는 말을 곧이곧대로 받아들일 수도 있겠다는 데에 간신히 동의했다. 그건 마치 '궁금한 게 있으시면 언제든지 연락 주십시오'라는 은행 직원의 말에, 새벽 세시에 그의 집 앞으로 찾아가 미결제 타점권이 무슨 뜻이냐며 문을 두드려대는 것과 비슷한 경우였지만 말이다. 어쨌든 내뱉은 말에는 책임을 져야 했고 마리의 도착 예정 시간은 밤이었다. 아내와 나는 마리를 딱 하룻밤만 머물게 할 생각이었다. 미안하게 됐습니다만 연락이 너무 갑작스러웠던데다 저희에게도 이런저런 사정이 있으니 다른 숙소를 찾는 편이 좋겠습니다,라고 말하면 그만인 것이다. 그렇지만 우리는 마지막 순간까지도 그녀가 '진짜로' 나타날 거라곤 생각하지 않았었다.

  아내가 마리를 방으로 안내하는 동안 나는 계획된 말

을 꺼낼 시점을 노렸다. 그러나 밤은 깊었고, 우리는 마리가 밖에서 두시간이나 기다렸다는 사실에 조금 미안해졌다. 그리고 불과 삼십분 전에 까페에서 내린 결론으로 인해 무척 피곤하기도 했다.

"내일 아침 먹으면서 말하자. 한국식 아침식사를 제공한다고 했으니까 한끼는 차려주지 뭐."

"이 사람 때문에 음식을 새로 만들겠다고?"

"해놓은 카레 있어, 한국식은 아니지만. 대신 내일 나가달라는 얘기는 당신이 해."

마리에게 집의 구조와 화장실의 위치를 영어로 설명하고 수건을 내주면서 우리는 전혀 다른 얘기인 것처럼 태연히 이런 대화를 주고받았다.

우리가 각방을 쓴 지는 오래된 일이다. 하지만 그날 밤만큼은 같은 침대에서 자기로 했다. 고작 하룻밤을 묵고 떠날 여행자에게 굳이 따로 자는 부부의 모습을 보여줌으로써 궁금증 어린 시선을 감내하는 게 더 귀찮다고 생각했기 때문이다.

오랜만에 마주 댄 등의 온기를 느끼며 우리는 각자 어둠 속의 다른 지점을 바라봤다. 아내는 계속해서 깊고 고른 숨을 뱉어내고 있었지만 나는 그녀가 쉽게 잠들지 못하리라는 걸 알았다. 그리고 언제나처럼, 나는 먼저 눈을 감았다.

　다음 날 나는 닫힌 문틈으로 새어 들어오는 영어 대화에 눈을 떴다. 옅은 카레 냄새가 느껴졌다.

　"한국 카레는 정말 맛있군요."

　"한국 카레여서 맛있는 게 아니랍니다. 제가 해서 맛있는 거지요."

　이어서 아내는 헤헤, 하고 웃었다. 오래간만에 듣는 웃음소리라고 생각하며 나는 방문을 열었다.

　"이제 일어나셨군요. 어서 와서 함께 드세요."

　눈이 마주치자 마리는 자기 집에 온 손님을 맞이하듯 나를 반겼다. 나는 아내의 얼굴을 쳐다봤고 아내는 쭈뼛거리며 마지못해 마리를 거들었다.

　"그래, 당신도 같이 먹자."

　아침식사 도중 나는 지난 1월의 일을 가볍게 비난하면서 그걸 빌미로 마리에게 다른 숙소를 찾으라는 얘기를 당당히 꺼낼 작정이었다. 그러나 '아무리 그래도 그렇게 갑작스럽게 취소하는 법이 어디 있습니까?'라고 따지듯 얘기하려던 의도와는 달리, 혀끝을 맴돌다 나온 짧은 영어는 "1월에 당신은 오지 않았습니다"라는 짤막한 평서문으로 바뀌어 있었다. 그리고 마리는 그 말을 '기다렸는

데 대체 왜 오지 않았던 거예요?'로 제멋대로 해석한 듯
했다.

"그땐 그냥, 조금 바빴답니다. 미안해요."

간략한 사과를 마치자마자 마리는 다시 한번 카레가
맛있다며 아내의 음식 솜씨를 치켜세웠다. 차려진 거라곤
달랑 오이소박이 몇조각과 이틀이나 묵은 카레뿐이었지
만 아내는 얼굴을 붉히면서도 칭찬이 싫지 않은 기색이었
다. 나는 나대로 마리의 소탈하고 꾸밈없는 태도에, 조금
전 빗나간 의도를 수정할 기회를 좀처럼 찾지 못하고 있
었다.

"아무리 그래도 삼박 사일은 너무 짧지 않아요? 처음엔
일주일간 여행한다고 했었잖아요."

마리가 며칠밖에 머물지 않는다는 얘기를 듣고 내가
물었다.

"남은 기간이 그뿐이에요. 예정된 휴가를 전부 써버렸
거든요. 다른 곳에다가요."

마리는 '다른 곳'이라고 말한 후 얕게 숨을 토해내곤
조용히 덧붙였다.

"그래도 꼭 오고 싶었답니다."

아내가 과일을 깎는 동안 마리는 작은 서울 가이드 맵
을 펼쳐놓고 손가락으로 동선을 그리며 여행 계획을 설명

했다.

"먼저 오늘은 북촌 한옥마을에 갈 거예요. 그러고 나서 그 유명하다는 명동 거리를 구경하고 남대문시장에 가서 떡볶이를 먹어보고 싶어요. 한복을 빌려 입고 경복궁과 창덕궁도 둘러볼 거고요. 서울 한복판에 오래된 궁전들이 모여 있다는 게 신기하고 기대돼요. 저녁엔 대학로에서 공연을 한편 보려고 해요. 가로수길이나 강남도 유명하다고 들었지만 내 취향과 안 맞을 것 같아서 굳이 들를 필요는 없을 것 같아요. 내일은 덕수궁부터 시작할까 해요. 서울광장을 지나 쭉 걸어서 종로를 통과해 인사동에 가서 기념품을 잔뜩 사려고 해요. 그러고는 다시 종로로 올라가 청계천을 따라 산책하는 거죠. 바쁜 하루겠지만 이 모든 코스가 걸어서 갈 수 있는 거리라는 점이 마음에 들어요. 저녁에는 홍대에 가서 막걸리를 한잔할 생각이고요. 그리고 마지막 날인 모레엔, 디미누엔도의 공연을 볼 거랍니다."

"디미누엔도요?"

아내가 아연실색해 물었지만 마리의 얼굴에는 기쁨이 피어났다.

"난 디미누엔도의 공연을 보기 위해 한국에 온 거랍니다. 한국말은 전혀 할 줄 모르지만 노래 가사는 거의 다

외우고 있죠."

디미누엔도는 다섯 명의 멤버로 구성된 아이돌 보이그 룹이다. 그들이 미국과 유럽에서 인기를 끌고 있다는 얘기는 익히 들어서 알고 있었지만, 핀란드의 오십대 여성까지 한국으로 불러들일 정도인 줄은 몰랐다. 마리가 그룹의 리더인 휴의 팬이라며 짧게 그들의 안무를 따라 하는 동안 아내가 과일을 가져와 내 옆에 앉았다.

"어쩌지? 말할 타이밍을 놓치고 있어."

나는 웃으며 태연한 표정으로 말했다.

"글쎄, 얘기 나누다보니 나쁜 사람 같지는 않은데."

아내는 사과 한쪽을 포크에 찍어 마리에게 내밀었다. 우리의 이야기를 알아듣지 못한 마리는 "캄사합니다!"라고 말하며 사과를 받아 들었다. 그녀가 아는 한국어라곤 '안녕하세요'와 '감사합니다'뿐인 것 같았다.

"여기서 지내게 하자는 거야?"

"고작 삼일이라는데, 크게 문제가 될까? 벌써 하루 지났으니 겨우 이틀 밤 남았잖아. 게다가 그녀는 아주 먼 곳에서 왔고 말이야."

나는 마치 그 말이 딸기를 권해보라는 것인 양, 마리 쪽으로 예의 바르게 딸기 접시를 내밀었다.

마리가 집을 나선 뒤 집 안은 다시 조용해졌다. 어제 아내와 나눴던 말들이 떠올랐고 그러자 짧든 길든 간에 마리가 집에 머문다는 사실이 부담스러워지기 시작했다. 나는 부부가 헤어지기 위해 필요한 현실적인 절차들을 그려봤다. 서류를 꾸미고 가족들에게 알리고 집과 가구를 나누고 처분하고…… 하지만 그런 일들을 거쳐 모든 게 다 마무리된다고 하더라도 내 마음은 전혀 가벼워질 것 같지 않았다. 복잡한 심경의 나와는 달리 아내는 들뜬 표정으로 부산하게 옷을 입고 있었다.

"어디 가?"

"장 봐야지. 집에 먹을 게 하나도 없잖아."

당연한 걸 묻는다는 듯 핀잔 실린 답이 돌아왔다. 아내는 보통 인터넷으로 장을 봤고 가끔 마트에 들러 뭔가를 사오는 건 내 쪽의 일이었다. 하지만 웬일인지 아내는 나가고 싶어했다. 나는 괜찮다는 아내의 거듭된 만류에도 동행을 자처했다. 마트에서 맞닥뜨릴지도 모를 풍경 때문에 아내가 위험한 상황에 처하는 걸 원하지 않았기 때문이다.

어제부터 내리기 시작한 눈은 천천히 쌓여가고 있었다. 조금만 지나면 발밑으로 뽀드득 소리가 들릴 것 같았다. 우리는 아무런 감상도 말하지 않은 채 묵묵히 걸었다. 4월에 눈이 내리는 게 이례적인 현상임엔 분명했지만 최근 몇년간 봄눈이 여러번 왔기 때문에 그다지 놀랄 일도 아니었다.

마트 안은 한산했고 염려했던 일은 벌어지지 않았다. 시작한 지 얼마 되지 않은 연인처럼 묘한 긴장감 속에 우리는 서로에게 예의를 차리기 위해 애썼다. 나는 슬며시 아내가 밀고 있던 카트를 내 쪽으로 끌어 그녀가 자유롭게 걸을 수 있도록 했다. 아내는 어떤 요리를 해야 할지 고민했고 나는 미역국, 된장찌개, 고등어구이를 차례로 후보로 내세웠으나 아내가 카트 위로 던져 넣은 건 생닭이 든 팩이었다.

"닭찜으로 결정했어."

그렇게 말하고 나서 아내는 내 의견을 묵살한 데 대한 미안함의 표시인지 작게 혀를 날름, 하곤 턱을 치켜들고 앞서 걸어갔다.

계산대 가까이 갔을 때 어디선가 디미누엔도의 신곡이 흘러나오기 시작했다. 단조롭고 반복적인 음과 빠르기만 한 템포가 소음처럼 귀를 자극했고 가사는 한마디도 알아들을 수 없었다. 나는 마음대로 가사를 바꿔 부르며 아침에 마리가 식탁 앞에서 선보인 우스꽝스러운 춤을 흉내냈고, 아내는 풋, 하고 웃음을 터뜨리고 말았다.

아내의 닭찜은 성공적이었다. 마리는 감탄을 연발하며 레시피를 물었고 분위기는 화기애애해졌다. 마리는 그날 하루 동안의 여정이 담긴 사진을 보여줬는데, 눈 쌓인 고궁을 배경으로 찍은 사진들이 멋들어졌다. 중간중간 도대체 왜 찍었는지 모르겠는 사진들도 눈에 띄었다. 음료수 자판기와 롯데리아 간판, 아파트 단지 앞에 세워진 촌스러운 구조물 따위의, 정말 별거 아닌 것들 말이다. 어쨌든 사진 속의 풍경은 온통 눈이었고 그래서 전혀 4월로 보이지 않았다.

"핀란드에도 4월에 눈이 오나요?"

아내의 질문에 마리는 고개를 끄덕였다.

"어딜 가나 눈이랍니다. 특히 제가 사는 곳은 일년의 절반 이상이 눈으로 뒤덮여 있죠."

로바니에미에 관한 이야기가 나오자 아내가 눈을 빛냈다.

"산타 마을에도 가보셨겠네요?"

"가보다뇨, 난 그곳에서 일하고 있는걸요."

"정말요?"

"인구는 사만명이 채 안 되지만 한해에 백만명이 넘는 사람들이 다녀간답니다. 그야말로 세계 곳곳에서 관광객들이 쉴 새 없이 찾아오지요. 언제든지 산타클로스를 볼 수 있고, 원한다면 루돌프도 탈 수 있어요. 난 기념품 가게에서 일해요. 그곳에선 크리스마스와 관련된 모든 걸 팔죠. 가끔씩 난 산타클로스의 부인 역할도 한답니다. 물론 교대 근무라 산타에겐 다른 부인이 몇명 더 있지요. 알고 보면 산타는 바람둥이거든요. 하지만 산타에게 편지를 보낸다면, 장담컨대 당신은 백 퍼센트 답장을 받을 수 있어요. 열명이 넘는 산타의 비서들이 세계 각국에서 도착한 소중한 편지들을 세심하게 분류해 산타에게 전달하니까요."

"정말 가보고 싶어요!"

아내가 어린아이처럼 외쳤다. 마리가 산타 마을의 가이드처럼 미소 지으며 말했다.

"아무 때고 오세요. 산타 마을은 일년 삼백육십오일 열려 있답니다. 정말이지 일년 내내 크리스마스 같은 곳이지요!"

꽤 즐거운 저녁이었다. 마리는 우리에게 개인적인 질문을 던지지 않았고 우리도 그녀에 대해서 굳이 이것저것 따져 묻지 않았다. 그녀에게는 사람을 편안하게 하는 담백한 재주가 있어서 대화는 부담 없이 이어졌다. 예상대로 주제는 한국과 핀란드에 대한 것들, 그러니까 자일리톨, 피니시 사우나, 김치와 개고기 따위를 벗어나지 못했지만 말이다.

　잠들기 전 아내는 마리와 나눴던 대화들을 되새기며 조잘댔다. 그러곤 마리의 독특한 억양과 커다란 엉덩이, 턱 밑에 난 수염에 대해서 얘기하며 비밀스럽게 낄낄댔다. 그러면서도 그런 얘기가 험담이 아니란 걸 강조하기 위해서인지 말끝마다 "좋은 사람인 것 같아"를 후렴처럼 반복했다. 어쨌든 아내가 누군가에 대해서 그렇게 오래 얘기하는 건 그 사람에게 호감을 느낀다는 뜻이었고 아내가 말이 많아진 건 좋은 징조였기 때문에 나는 아내의 말에 열심히 귀 기울이며 적당히 맞장구를 쳤다.

　"우리 집에 있으라고 하길 잘한 것 같아."

　마침내 아내가 졸음이 밴 목소리로 결론 내렸다.

　"그렇게 생각한다니 다행이네."

　나는 손가락을 뻗어 아내의 손등 위를 몇차례 토닥였다.

　아침에 나는 아내와 마리의 두런대는 말소리와 문이 여닫히는 소리에 얼핏 깼다가 다시 잠들었다. 일어났을 때 집에는 아무도 없었고 식탁 위엔 아내가 놓고 간 쪽지가 놓여 있었다. 아내는 가끔 그런 걸 써놓기를 좋아했다.

　마리한테 서울 안내해줄 겸 같이 나가.

당신도 가자고 할까 하다가 너무 깊이 잠든 것 같아서 안 깨웠어.

저녁엔 홍대에서 술 마실까 하는데,

생각 있으면 오든지.

글의 말미에는 스마일 표시가 커다랗게 그려져 있었다. 나는 갈매기를 연상시키는 그 스마일을 한참 동안 들여다봤다. 이 명랑함이 반가우면서도 한편으로 걱정이 앞섰다. 마리가 쓸데없는 것을 묻지는 않을지, 거리의 풍경 중 아내를 자극할 만한 게 있지나 않을지 말이다. 나는 마음을 숨긴 채 아내에게 답을 보냈다.

재미있게 놀아. 무슨 일 있으면 연락하고.

텔레비전을 틀자 뉴스가 흘러나왔다. 온통 4월의 폭설에 관한 이야기뿐이었다. 아나운서와 리포터들이 피다 말고 얼어버린 벚꽃과 교통 혼잡, 속출하는 빙판길 사고 등 눈 때문에 빚어진 혼돈과 무질서에 대해 떠들어댔다. 커튼을 젖히자 족히 십 센티는 넘게 쌓인 눈으로 창밖엔 오로지 하얗기만 한 설경이 펼쳐져 있었다. 뉴스 속 호들갑과 달리 그저 고요하고 평화로웠다. 아내가 휴대폰으로 마리와 함께 찍은 사진을 몇장 보내왔다. 익살스러운 표정에 손으로는 브이 자를 그리고 있는 아내는 꼭 마리와 함께 핀란드에서 서울로 놀러 온 여행객 같았다.

나는 바깥으로 나가 인적 드문 거리를 걸었다. 굵은 눈발 때문에 앞이 잘 보이지 않았다. 눈은 구석구석, 틈새가 난 곳이라면 어디든 내려앉아 익숙한 것들을 전혀 다른 형체로 바꿔놓고 있었고 그래서 모든 게 특별해 보였다. 나는 길가의 공중전화와 그 옆에 세워진 오토바이를 배경으로 사진을 찍었다. 그러자 나도 낯선 이국으로 홀로 여행 온 것 같은 기분이 들었다. 계속해서 아무도 걷지 않은 새하얀 길에 발자국을 찍으며 천천히 앞으로 나아갔다. 뒤를 돌아보니 저 멀리 새겨진 내 자취는 벌써 희미해져가고 있었다. 그건 어쩐지 비밀스러웠고 조금쯤 서글펐다.

밤에 우리는 홍대에서 만났다. 우리가 들어간 전통주점에서는 가야금으로 연주한 캐럴이 흘러나왔고 모두들 크리스마스이브처럼 설렘 가득한 얼굴이었다. 우리는 도토리묵과 파전을 먹으며 이야기를 나눴고 연거푸 술을 들이켰다. 뺨이 발그레해진 마리가 술을 한모금 홀짝이더니 난데없이 질문을 던졌다.

"두 사람은 어떻게 만났나요?"

마리로부터 이런 개인적인 질문은 처음이었다. 우리는 잠깐 망설이며 누가 먼저 말을 꺼낼지를 놓고 서로의 눈치를 살폈다. 결국 먼저 입을 연 건 나였다. 제대로 된 단어와 표현을 찾는 데 애를 먹고 말끝마다 더듬거렸지만 내가 전하려던 내용은 대강 이런 거였다.

"그땐 장마였어요. 비가 아주 많이 내렸죠. 지하철 안에서 그녀는 내 맞은편에 앉아 있었어요. 머리가 아주 짧았고 하늘색 티셔츠에 하얀 반바지를 입고 끈이 풀린 운동화를 신고 있었죠. 어딘가 소년 같았지만 전 그녀가 아주 예쁘다고 생각했어요. 말을 걸고 싶어서 뚫어지게 쳐다봤지만 몇 정거장이 지나도록 그녀는 내게 시선조차 주지 않더군요. 그리고 잠깐 한눈을 판 사이 사라져 있었어요. 그녀가 앉아 있던 자리엔 우산이 하나 놓여 있었죠. 마치 신데렐라의 유리 구두처럼요. 유실물센터에 맡길 수도 있었지만 일부러 그러지 않았죠. 그뒤부터 난 비가 오는 날이면 그 우산을 들고 지하철을 탔어요. 언젠가 또 마주칠 수도 있을 거라고 기대하면서요."

아내가 끼어들어 바통을 채갔다.

"그날 나는 비를 쫄딱 맞았어요. 정말이지 비가 억수같이 쏟아졌거든요. 우산을 잃어버린 건 무척 아쉬웠어요.

그건 내가 직접 그림을 그려 만든 첫번째 우산이었고, 세상에 하나뿐인 물건이었거든요. 어쩔 수 있나요, 그냥 잊으려 노력했죠. 그리고 시간이 흘러서 겨울이 됐고 오늘처럼 눈이 펑펑 쏟아지는 날이었어요. 집 근처 슈퍼에 계란을 사러 갔는데 글쎄, 슈퍼에서 나오던 남자가 제 우산을 쓰고 걸어가는 게 아니겠어요? 분명 우산을 잃어버린 건 지하철 안에서였는데 말이죠. 나중에 알게 된 사실이지만 우린 꽤 가까운 곳에 살고 있었거든요. 난 그 사람을 쫓아가서 소매를 붙잡고 말했죠. '이봐요, 이건 내 우산인 것 같은데요.' 그러자 그가 장난스럽게 웃으면서 대답했어요. '그럼 어떡하죠? 난 지금 눈을 맞고 싶지 않은데요.' 하는 수 없이 난 물었죠. '그럼 같이 쓰고 갈래요?'라고요. 왠지 그는, 그날 만나기로 약속한 것처럼 친숙했거든요. 그렇게 우리는 함께 우산을 쓰고 눈 위를 걸었고, 바로 그다음 날 연인이 됐답니다."

"그리고 이년 후 결혼을 했고요."

내가 덧붙였다.

"그리고, 몇년 후에 이렇게 나를 만난 거로군요."

그렇게 말한 후 마리는 잠시 우리를 물끄러미 바라보더니 말을 이었다.

"기념품 가게에서 일하면 매일같이 수많은 연인과 부

부들을 보곤 해요. 그런데 비밀을 하나 알려줄까요. 모두들 즐거워 보이지만 나는 알 수 있답니다. 그들이 진짜로 행복한지 아닌지, 사랑하는지 아닌지를요."

"산타클로스가 착한 아인지 나쁜 아인지 한눈에 아는 것처럼 말인가요."

내가 물었다.

"맞아요. 그리고 난 자신 있게 말할 수 있답니다. 당신들은 서로를 정말로 사랑한다는 것을요."

우리는 휘청대며 집으로 향했다. 바람은 점점 거세졌고 빠른 속도로 떨어지는 눈은 구간 반복된 영상을 틀어놓은 것처럼 영원히 계속될 것 같았다. 얇은 봄옷 위에 두꺼운 외투를 걸친 젊은이들이 눈싸움을 하며 이 이상한 계절을 만끽하고 있었다.

몇해 전 발리로 여행 갔던 때가 떠올랐다. 그늘진 기억 없이 즐거운 추억만으로 가득한 여행이었다. 우리는 맛있는 음식을 먹고 천천히 거리를 걸었고, 풀빌라 안에서 수영을 하거나 열대과일로 만든 칵테일을 마셨다. 사람들은 우리를 신혼부부로 생각했고 우리는 굳이 부인하지 않았다. 모든 게 처음으로 돌아간 것 같았기 때문이다.

발리의 자연은 아름다웠다. 나무에는 두껍고 커다란 이

파리가 열매처럼 주렁주렁 달려 있었고 색색의 아름다운 꽃들이 어디에나, 정말 어느 곳에든지 피어 있었다. 허름한 집 앞에조차 사람들은 신을 위해 만든 아기자기한 제단을 꽃으로 꾸며놓았다. 그들의 나라에선 꽃이 그만큼 흔하다고 했다. 나는 가이드에게, 발리에서는 꽃이 지는 때가 언제냐고 물었다. 가이드는 이상한 질문이라는 듯 고개를 갸우뚱했다.

"발리엔 언제나 꽃이 피어 있답니다."

아내가 신기하다는 듯 정말이냐고 되물었다. 그러자 가이드는 잠시 생각하더니 이렇게 바꾸어 말했다.

"비가 올 때면 꽃이 떨어지기도 해요. 그렇지만 비가 그치면 곧 다시 피어난답니다. 그러니까, 언제나 피어 있는 거나 마찬가지죠."

나는 우리에게 닥친 일이 잠깐 내린 비라고 생각했었다. 다시 꽃이 피어날 거라고, 발리에서처럼 근심 없는 날들이 올 거라고 말이다. 그리고 지금 아주 오랜만에 나는 다시 모든 게 좋아지는 듯한 기분을 느끼고 있었다.

침대에 누웠을 때 나는 아내의 귀에 대고 그런 이야기들을 들려주었다. 아내는 가만히 "눈 때문인가?"라고 속삭였다. 나는 아내의 머리카락을 쓰다듬었고 그녀는 저항하지 않았다.

눈을 떴을 때 집 안은 기묘하리만치 조용했다. 더이상의 적막은 존재하지 않을 것 같은 기분 나쁜 고요였다. 이상한 예감이 엄습했고 나는 비로소 올 것이 왔다고, 모든 게 끝나버렸다고 생각했다. 아내가 영영 떠났거나 어쩌면 죽어버린 거라고. 그런 상상에조차 나는 크게 동요하지 않았다. 끔찍하면서도 어딘가 후련했다.

나는 문을 열고 나왔다. 그리고 내 예감이 틀렸다는 것을 확인했다. 아내는 거실에 태연히 앉아 커다란 검은 천을 펼쳐놓고 바느질을 하고 있었다.

"마리는 일찍 나갔어. 공연은 저녁 일곱시부터지만 새벽부터 줄을 서야 한대."

아내가 나를 보지 않은 채 혼잣말하듯 중얼거렸다.

나는 대답하지 않고 아내의 곁으로 가서 그녀를 굽어보았다. 색색의 실들이 어지러이 천 위를 달리고 있었다. 엎질러진 물 같기도 했고 의미 없는 낙서 같기도 했다. 아내는 그저 하릴없이 바늘을 천 위로 꽂았다가 빼내고 있었다.

"나갈래?"

내가 아내의 주의를 돌리기 위해 제안했다.

"그럴까, 바람이라도 쐬지 뭐."

의외로 흔쾌히 그녀가 답했다.

한때 아내는 공방에서 이런저런 소품이나 패브릭을 만들었다. 귀여운 기린이나 사자 같은 것들을 천에 수놓아 가방으로 제작해 팔기도 하고, 커다란 러그 위에 별자리나 세계지도를 정교하게 새겨 넣기도 했다. 인내심과 재주가 없으면 하기 힘든 일이었지만 아내는 아무것도 아닌 천 쪼가리를 늘 멋진 작품으로 완성시키곤 했다. 나는 아내가 입을 꼭 다물고 세심하게 바느질하는 모습을 좋아했다. 그 모습은 평화로웠고 우리가 안전하고 무사하다는 느낌이 들게 했다.

하지만 언젠가부터 아내는 이상해졌다. 자주 바늘에 찔렸고 손가락에서는 피가 넘쳐흘렀다. 실은 그려놓은 도안을 넘어 아무 곳에나 불시착했다. 그래도 아내는 멈추지 않았다. 부지런함에는 가속이 붙었고 그녀는 목적도 없이 밤이고 낮이고 저주에 걸린 아라크네처럼 바느질을 해댔다. 그럴수록 천 위에 새겨지는 것들은 점차 형태를 잃어갔다. 아내는 그것들이 모두 의미를 가지고 있다고 했지만 자신이 무엇을 표현하려는 건지는 잘 말하지 못했다. 차츰 아내가 바느질을 하는 게 불편해지기 시작했다. 바느질하는 아내의 모습을 보고 있노라면 질식할 것 같은 두려움이 나를 짓눌렀다.

눈은 더이상 내리지 않았다. 정지된 것 같았던 세상도 다시 조금씩 움직이고 있었다. 어디선가 희미한 꽃향을 실은 바람이 한줄기 불어왔다. 아내가 바람이 불어오는 방향으로 고개를 돌렸다.

"눈 올 때가 예뻤는데."

우리는 나가서 밥을 먹고 근처의 극장에서 흥행 중인 코미디 영화를 봤다. 영화를 보는 도중 나는 몇번 아내를 곁눈질했다. 그녀는 입을 오물오물하며 계속해서 팝콘을 입으로 가져갔고 자주 폭소를 터뜨렸다. 나는 아내의 손을 잡았고 우리는 영화가 끝날 때까지 그 손을 놓지 않았다.

밖으로 나왔을 때 이미 날은 어두워져 있었다. 눈은 급속도로 녹고 있었다. 절반 이상 모습을 드러낸 거리는 어딘지 모르게 시시하고 어수선해 보였다.

"마리는 지금쯤 공연을 보고 있겠네."

내 말을 끝으로 우리는 침묵했다. 길에 세워진 공중전화가 눈에 들어왔다. 깨진 유리창엔 먼지와 뒤섞인 더러운 물이 흘러내려 시커먼 얼룩이 져 있었고 그 앞으로 낡은 오토바이가 한대 세워져 있었다. 검은 재킷을 입은 남자가 오토바이 발판에 한쪽 다리를 올려놓은 채 담배를 뻐끔댔다. 며칠 전 내가 사진을 찍은 곳이었다. 그 사실을 깨닫는 데엔 얼마간의 시간이 걸렸고 그러자 무어라 설명할 수 없는 기분이 밀려왔다.

별안간 아내가 걸음을 멈췄다. 그녀의 시선이 우리 앞을 가로지르는 여자에게 향했다. 남색 원피스에 아이보리 카디건을 입은 여자는 한 손을 풍선처럼 부푼 배 위에 얹고, 다른 한 손은 딸인 듯한 여자아이에게 잡힌 채 천천히 걷고 있었다. 서너살쯤 되어 보이는 아이는 핑크색 리본이 달린 구두를 신고 폴짝거리며, 뒤뚱거리는 엄마에게 빨리 오라고 성화를 부렸다.

나는 아내에게 몇마디 말을 걸었다. 무슨 얘기였는지는 잘 기억나지 않는다. 눈에 관한 얘기였는지 오토바이나 공중전화에 관한 거였는지. 사실 뭐라도 상관없었을 것이다. 내가 뭐라고 떠들어대든 간에 어차피 아내는 대꾸하지 않았다.

집에 도착하자 아내는 묵묵히 저녁을 차렸다. 하지만 밥상에 앉자마자 먹지 않겠다고 선언하더니 거실에 천을 펼치고 앉아 다시 소리 없이 바느질을 시작했다. 내가 꺼끌거리는 밥을 씹어 넘기는 소리만이 집 안을 메웠다.

아내의 바느질은 밤이 깊어가도록 멈출 줄을 몰랐다. 자정이 가까웠을 때 나는 결국 아내에게 다가가 언짢음을 표시했다.

"언제까지 그렇게 바느질만 할 건데? 밥은 먹어야지."

"밥?"

아내가 샐쭉거리며 되물었다.

"밥을 왜 먹어야 하지?"

"당신, 점심 이후로 아무것도 먹지 않았어. 계속 그런 식이면 몸이 상한다고."

"하……"

그녀가 한숨을 쉬었다.

"몸? 그래, 내 몸."

아내가 바느질을 멈추고 나를 바라봤다. 강한 조소가 깃든 눈빛이었다. 내가 실수했다는 것을 깨달았지만 이미 아내는 그 이야기를 시작하고 있었다.

"당신이 내 몸에 어떤 짓을 저질렀는지 한번 얘기해볼까?"

그만두자는 말이 목 언저리에서 맴돌았지만 입 밖에 내지 않았다. 어차피 말해봐야 소용이 없을 걸 알고 있었다.

"나는 계속해서 검사 같은 건 하고 싶지 않다고 말했어."

아내가 재미난 얘기를 들려주듯 입을 놀렸다.

"아기가 정상인지 아닌지 따위는 내게 중요하지 않거든. 그런데 당신 생각은 달랐고 결국 나는 당신 뜻에 따라 양수를 채취하는 수밖에 없었지. 의사는 초음파로 아이를 보고 있으니까 염려하지 말라고 했어. 하지만 그 거대한 바늘이 배 속을 뚫고 들어갈 때, 나는 아기가 움찔하는 걸 봤어. 정말이야, 아기는 놀란 것처럼 순간적으로 버둥거렸어."

명랑하던 표정이 걷히고 아내의 입가에 서늘함이 어렸다. 그녀가 치켜뜬 눈으로 나를 바라보았다. 쏟아지는 이야기에 속도가 붙었다. 손쓸 틈도 없이 순식간에 벌어진 일들, 저녁부터 자신의 몸 밖으로 생명의 정수가 왈칵왈칵 흘러내리던 장면들, 떠올리기 버거운 기억들이 쉴 새 없이 움직이는 입을 통해 낱낱이 재생됐다.

"그러고 나서 어떻게 됐는지 알아? 나는 아이를 낳았어. 당신과 나의 아이를, 이미 죽어버린 우리 아기를, 아홉 시간이나 진통을 해서 말이야."

아내는 가쁜 숨을 멈추고 몸을 떨었다. 울부짖는 여자들의 소리가 끊임없이 귀를 울렸다. 그러고 나면 갓 태어난 아기들의 울음소리가 이어지곤 했다. 아내의 젖이 불어나 옷 위로 동그란 자국을 냈다. 그러는 동안에도 피는 멈추지 않았다. 아내가 웃기 시작했다.

"그리고 내가 다시 수술실로 들어간 동안, 당신이 그토록 고집을 부려서 했던 검사의 결과가 나왔지."

"그만해."

내가 힘없이 웅얼댔다. 어쩌면 속으로만 되뇌고 아무 말도 하지 않았는지도 모른다. 아내는 복수하듯 미소를 지으며 뇌까렸다.

"그러고, 그러고 나서, 내 몸에 어떤 일이 벌어졌을까? 당신이, 몸이 상하니 밥이나 먹으라고 말하고 있는 내 몸 말이야……"

"난 단지 우리가 행복하길 바랐을 뿐이야."

내가 조용히 말했다.

행복. 아내가 그 단어를 중얼거렸다.

"난 차라리 우리가 처음부터 불행했길 바라."

수도 없이 들은 얘기였다. 토씨 하나 빠지지 않고 지난 수년간 똑같이, 때로는 매일매일 반복된 이야기다. 나는 내가 할 수 있는 모든 것을 하려고 노력했었다. 우리는 상담을 받았고 함께 병원에 다니고 이사를 했다. 회사 근처로 집을 옮기고 집에서 할 수 있는 일의 양을 늘려보기도 했다. 때때로 아내는 나아지는 것 같았다. 그럴 때면 아무일도 없었던 것처럼 우리 사이는 더할 나위 없이 좋았다. 하지만 사실은 그런 순간들이 나를 더 두렵게 했다. 금세 모든 것이 원점으로 돌아가고 또다시 아내가 나를 증오하리라는 것을 알았기 때문이다.

아내는 작은 일에 쉽게 자극을 받았고 불시에 돌변했다. 자신이 아무리 들쑤셔도 표정 하나 변하지 않는 나를 저주하고 비웃었다. 그러다 지치면 습관처럼 이혼을 요구했다. 그것만은 절대 해줄 수 없다고 말하던 나는 언젠가부터 동의하기 시작했다. 아주 쉽게 "그래, 그렇게 하자"라고 말이다. 그조차 결국은 공허한 말이라는 걸, 어차피우리는 헤어지지 못하리라는 걸 알아서였다. 우리는 그저 똑같은 악몽을 영원히 되풀이하고 있을 뿐이었다.

아내가 울기 시작했다. 소리를 지르며 짐승이 울부짖듯 온몸으로 고통을 표현하고 스스로의 몸을 쥐어뜯었다. 나는 그 자리에 말없이 서 있었다. 그녀가 보이지도, 들리지도 않는 것처럼. 마침내 더는 견딜 수 없을 지경이 됐을 때, 나는 현관을 열고 계단으로 뛰어 내려왔다. 그리고 계단참에 얼어붙은 듯 서 있는 마리와 마주쳤다.

"다른 곳에서 잘게요. 짐은 나중에 받아도 되니까 어떻게든 알아서 하면 돼요."

마리가 허둥대며 말했다.

"미안해요, 나는⋯⋯"

힘겹게 목을 뚫고 나온 목소리가 맥없이 갈라졌다.

"괜찮아요. 나는 하나도 못 알아들었으니까요. 정말이

에요. 난 아무것도 알아듣지 못했답니다. 그러니까 괜찮
아요."

마리의 변명에 섞인 게 위로라는 걸 깨닫는 순간 나는
얼굴을 감쌌고, 어쩔 수 없이 흐느끼기 시작했다. 참으려
고 했지만 소리는 자꾸만 밖으로 비어져 나왔다. 모두가
우리의 이야기를 알고 있었다. 이곳에 사는 이웃들도, 마
트의 점원들도, 까페의 종업원들도.

마리가 능숙하게 나를 바깥으로 인도했다. 나는 마리에
게 어린아이처럼 기댄 채 몸을 맡겼다. 우리는 조금 걸었
고 아파트 단지 입구의 벤치에 앉았다. 그녀는 내 몸의 떨
림이 천천히 사그라질 때까지 묵묵히 기다려주었다.

"공연은 재미있었나요?"

서늘한 공기에 몸의 열기가 식어갈 때쯤 내가 입을 뗐
다. 그 말에 마리는 잊고 있던 것을 떠올린 것처럼 눈을
크게 떴다.

"오, 공연이요……"

마리가 길게 한숨을 내쉬었다.

"난 공연에 가지 않았어요."

"왜요? 그 공연을 보려고 한국에 온 거였잖아요."

"……그랬었죠. 보려고 했었어요. 하지만 공연장에 가
는 길에 나는 눈이 더이상 내리지 않는다는 걸 알았죠. 눈

은 녹고 있었어요. 그러자 눈이 쌓이지 않은 곳을 걸어보고 싶다는 생각이 들더군요. 내가 머무는 내내 눈이 왔었잖아요. 그런데 한국이 눈으로만 덮인 곳이라는 기억을 가지고 돌아가는 건 어쩐지 아쉬울 것 같았어요. 눈은 내가 사는 곳에도 많으니까요. 그래서 난 그냥, 무작정 거리를 걸었답니다."

마리는 희미하게 웃음을 지었다. 그 웃음은 왠지 쓸쓸해 보였고 내가 그렇게 만든 것 같아 미안해졌다.

"원래 나는 1월에 오기로 했었죠. 그런데 말이죠……"

마리가 잠깐 말을 멈추더니 속삭이듯 말했다.

"……그냥 나는 그때, 올 수가 없었답니다."

그리고 그녀는 여러차례 짧게 숨을 쉬었고 나는 그녀가 울음을 참고 있다는 걸 알 수 있었다. 마리는 오랫동안 호흡을 가다듬었고 나는 잠자코 기다려주었다.

"이번에 난 당신들에게 온다는 말을 앞서 하지 않았죠. 떠나기 직전에 메일을 한통 보냈을 뿐이에요. 그래서 다른 곳에 머물러야 할지도 모른다고 생각했죠. 사실, 그럴 가능성이 더 컸어요. 하지만 난 그냥 당신들이 나를 환영해줄 거라고, 그렇게 믿고 싶었어요. 그게 잠깐 동안의 믿음이라 하더라도, 산타클로스의 미소 같은 거라고 하더라도 말이에요……"

술에 취해 휘청대며 지나가던 남자 하나가 아파트 단지가 떠나가도록 노래를 불렀다. 그 노래는 마리의 눈물을 멈추게 했고 어느새 우리는 앞뒤가 맞지 않는 노래에 귀를 기울이고 있었다.

"우리 동네에서 보던 풍경과 비슷하군요. 꼭 눈이 그친 밤이면 어디선가 낯선 사람이 나타나 괴상한 노래를 불러대곤 하거든요."

남자의 노랫소리가 멀어질 때쯤 마리가 말했다. 물기에 잠긴 말끝에 작은 웃음소리가 뒤따랐다.

"핀란드에서도 그런 일이 일어나나요?"

내가 물었다.

마리는 고개를 느리게 끄덕였다.

"그럼요, 아주 흔한 일이죠. 사실 그런 건, 어디에서나 일어나는 일이랍니다."

우리는 눈이 거의 다 사라진 거리를 말없이 바라보았다. 몹시 추웠고 겨울도 봄도 아닌 계절이 뒤숭숭하게 펼쳐져 있었다. 하지만 그 모습도 추하지만은 않다고, 나는 언뜻 생각했다.

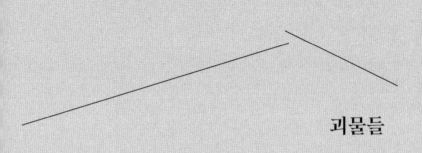

괴물들

아빠를. 죽일 거야. 오늘, 저녁. 우리 손으로.

국기에 대한 경례가 끝나고 애국가를 부르기 시작했을 때에도 여자의 머릿속엔 여전히 그 글자들이 아른거리고 있었다. 검은 펜으로 썼는데도 어딘가 불그죽죽한 기운이 느껴지는 글자들. 혈서처럼 꾹꾹 눌러 아래로 꼬부라뜨린 서체. 믿을 수 없는 내용을 태연히 갈긴 건 대체 누구였을까. 큰놈? 아니면 작은놈? 우리,라고 했으니 둘 다일 거다. 그러고도 남았다, 그애들이라면.

후렴 부분을 부르고 있을 때 마지막 아이가 도착했다. 얼마 전 입소한 아이라 조회에 참석하는 건 처음이었다.

"아직 말도 잘 못하는데 벌써 애국 조회를 하나요?"

손바닥만 한 신발을 벗기며 아이 엄마가 신기하다는 듯 물었다. 매끈한 볼 양옆으로 매달린 귀고리가 움직임에 따라 작게 흔들렸다.

"그래야 아이들이 자연스럽게 예절도 익히고 애국가도 외우거든요. 학교 가서 그거 외우는 것도 보통 일이 아니 에요."

여자는 아이 엄마가 바닥에 내려놓은 은회색빛 에나멜 가방에 희미하게 비친 자신의 얼굴을 보며 다정하게 답했 다. 눈을 바라보는 것보다 물건을 보고 말하는 게 그녀에 겐 익숙했다. 아이 엄마가 아이의 뺨에 가볍게 쪽 소리를 내곤 몸을 일으켰다.

"엄마한테 인사해야지."

여자가 아이의 등을 누르며 엄마에게 배꼽 인사를 시 켰다. 아이가 건성으로 고개를 까딱하자 엄마는 귀엽다는 듯 미소를 짓고는 문밖으로 사라졌다. 가방이 문틈에 껴 서 열었다가 다시 닫아야 했다.

언제나처럼 바빴다. 한 손에 두명씩 아이들을 이끌고 단지 안의 산책로를 걷게 하고, 따로 걷고 있는 아이들을 단속할 때마다 흐트러지는 대열을 재정비했다. 지어진 지 얼마 되지 않은 신축 아파트였다. 매매가가 높아 아직 입 주가 되지 않은 집도 많다고 했다. 단지 안을 산책할 때면 성 안을 거니는 것 같았다. 영원히 주인은 될 수 없는 성.

다시 아이들을 이끌고 돌아온 여자는 한명씩 손을 씻기고 기저귀를 갈고 모두 앉혀 동요를 불러주었다. 그런 다음, 작은 색깔 점토를 나눠주며 가지고 놀게 했다. 아이들이 그것을 입에 넣지 않도록 주의시키는 사이사이에 소음이 귀를 파고들었다. 징징대거나 울부짖는 소리가 한시라도 끊길라치면 다른 곳에서 들려왔다. 혼자서 감당해야 할 아이가 여덟명이었다. 대부분 만 두살이 채 되지 않은 아이들이었다.

"다른 데는 선생님 한분이 열댓명씩 맡는 경우도 허다해요. 어린이집 교사가 아이한테 몹쓸 짓을 했다는 뉴스들 가끔 뜨죠? 대부분 그런 곳에서 일어나요. 아유, 이 정도면 양호한 편이죠."

면접을 보러 왔을 때 원장은 그렇게 말했었다. 시간과 노력을 들여 따낸 보육교사 자격증이었다. 하지만 원장이 제시한 월급은 여자가 생각했던 것보다 훨씬 적은 액수였다.

여자는 자꾸자꾸 시계를 쳐다봤다. 꽤 많은 일을 했다고 생각했는데도 아직 점심시간이 되지 않았다. 다시 머릿속에 끔찍한 내용의 글자들이 잔잔히 떠올랐다. 그래. 두 녀석이 그렇게 썼다고 치자. 자식에게 죽임을 당할 만큼 남편이 나쁜 사람이었던가? 그건 그렇고 어떤 식으로 죽인다는 걸까? 칼로 찔러서? 목을 졸라서? 그것도 아니라면 창밖으로 밀어뜨려서? 아니, 그보다도 이제 어떻게 해야 할까? 머릿속에 계속해서 질문이 떠올라, 여자는 그중 하나에도 답할 수가 없었다.

비밀스러운 취미였지만 악의는 없었다. 하긴, 엄마가 자식에게 어떻게 악의를 가질 수 있단 말인가. 노트는 검은색이었다. 표지엔 투박하게 연도가 새겨져 있었다. 흔히 볼 수 있는 커다란 다이어리일 뿐이었다. 그것은 책장 구석에 다소곳이, 이미 닳아 있는 귀퉁이를 빼꼼 내밀고 있었다. 여자는 보지 말아야 할 것을 본 것처럼 가볍게 몸을 떨었다. 다음 순간 이미 그녀 앞엔 노트가 허연 나체를 드러낸 채 펼쳐졌다. 뜻을 알 수 없는 단어들이 두서없이 나열되어 있었다. 노트의 용도를 규정하기란 어려웠다. 굳이 말하자면 일기장과 낙서장 중간쯤 되는 것 같았다.

특이하게도 녀석들은 노트를 나누어 쓰고 있었다. 밥 먹을래, 언제, 이따가, 아무도 없을 때, 고등어조림, 비려, 따위의 짧은 말들이 각기 다른 색깔의 펜으로 대화하듯 적혀 있었다. 학교생활의 따분함, 성적, 맘에 드는 여자 연예인, 알아보기 힘든 그림들, 심지어 남자아이들 사이의 유치하고 은밀한 자랑에 관한 이야기들까지. 여자는 스스로에게 그러지 않겠다고 다짐했지만, 방 청소를 할 때면, 곧 거의 매일같이, 노트를 펼쳤다.

막 고등학생이 된 쌍둥이와 얘기가 끊긴 지도 오래된 일이었다. 그애들에게 여자는 아침저녁으로 밥을 해주고 용돈을 주는 존재에 지나지 않았다. 그녀는 '엄마'라는 호칭으로 불렸지만 '엄마' 뒤에 붙는 용건은 대부분 그중 하나이거나 그 비슷한 범주에 속했다. 여자는 노트를 들춰보는 것으로 자식들과 대화를 나누는 거라고 스스로를 위로했다. 절대 그것이 대화가 될 수 없다는 건 알고 있었지만, 그래도 그렇게 생각하기를 멈추지 않았다. 그건 그녀가 자주 노트를 펼칠 수 있는 용기를 주었다.

아이들이 제 아빠를, 여자의 남편을 좋아하지 않는다는 건 분명했다. 남편은 아이들에게 더이상 별다른 역할을 하고 있지 못했다. 다리를 다쳐 운전대를 놓은 후엔 더했다. 술에 취해 계단에서 가볍게 구른 것뿐이었는데 다리는 나을 기미를 보이지 않았다. 앞으로 영영 그렇게 살아야 할지도 모른다는 의사의 말은 곧 현실이 됐다.

어디선가 남편이 절뚝이며 모습을 드러내면 아이들은 동굴처럼 어두운 방 안으로 숨어들었다. 그러고 나면 남편은 장애물이 사라졌다는 듯 입맛을 다시며 TV를 켜고 옆으로 길게 드러누웠다. 여자는 늘 중간에서 발을 동동 굴렀으나 아이들과 남편 사이에서 별다른 촉매제 역할을 하지 못했다. 여자가 하는 일은, 쓸모없어진 남편을 대신해 돈을 벌어오는 것뿐이었다.

남편은 무능력하고 불필요했다. 아이들은 정말로 제 아빠가 없어지길 원하는지도 몰랐다. 생각만큼은 진심이라는 걸 의심할 여지가 없었다. 궁금한 건 정말, 그것이 오늘밤, 진짜로 실현될 것인지였다. 정말로. 아이들은. 제 아빠를. 죽일까? 죽이다,라는 단어를 맘속으로 되뇌자 여자는 작게 몸서리를 쳤다.

진한 똥 냄새가 풍겼다. 한 아이의 바짓단 밑으로 똥이 새어나오고 있었다. 여자는 급히 물티슈와 기저귀를 들고 아이에게 다가갔다. 아이의 기저귀를 풀 때쯤 다른 아이가 엉덩이를 들이대곤 똥똥, 하며 칭얼댔다. 항상 이런 식이었다. 힘겨운 일들은 늘 한꺼번에 몰려왔다.

점심시간이었다. 각자의 이름을 라벨로 붙여놓은 식판엔 수수밥과 시금치나물, 닭감자조림이 칸칸이 보기 좋게 담겨 있었지만, 조리실에서 밥을 받자마자 여자가 하는 일은, 모든 반찬을 밥 위로 붓고 뒤섞는 것이었다. 그렇게 하지 않으면 그 많은 아이들에게 밥을 먹이는 게 불가능했다. 여자의 앞에는 여덟명의 아이가 일렬횡대로 앉아 있었다. 여자는 엉덩이로 몸을 움직이며 한숟갈씩 아이들의 입에 밥을 떠 넣었다. 어쩌다가 짜증 섞인 얼굴이나 목소리를 내비칠 때면 아이들은 하던 행동을 그만두고 여자의 얼굴을 빤히 쳐다보았다. 여자는 말도 못하는 아이들에게 매일 속내를 들키는 것이 싫었다. 알아도 말로 표현하지 못한다는 게 다행이라면 다행일 뿐이었다.

밥을 다 먹이고 식판을 한데로 모아 부엌으로 가져갔다. 막 식사를 마친 다른 반 선생과 교대를 하고 얼른 점심을 먹어야 했다. 그때 여자의 반에서 자지러지는 비명소리가 들려왔다. 여자는 소리가 나는 곳으로 달려갔다. 한 아이가 배를 까뒤집은 채 악을 쓰고 있었다. 작은 손에서 핏방울이 똑똑 떨어졌다. 잠깐 사이에 아이들이 넘어지거나 다치는 건 도저히 막을 재간이 없었다. 얼마 전에도 한 아이가 바닥에 놓인 장난감 위로 엎어져 이마에 검게 멍이 든 적이 있다. 순간적인 일이라 부모들도 어느정도는 이해하는 편이었다. 하지만 이번에는 조금 심각했다. 종잇장 같은 손톱이 들려 그 사이로 살점이 내비쳤다.

여자는 입을 헤벌린 채 천장 구석에 달린 CCTV를 올려다보았다. 그것은 어디에서나 그녀를 내려다보고 있었다. 열여섯명의 부모가 당장에라도 나타나 영상을 보이라고 요구할지도 모를 일이었다. 원칙적으로는 절대 교사가 없는 자리에 아이들끼리 두어서는 안 됐다. 원장은 난감한 표정을 지으며 이런 경우는 부모에게 먼저 연락하는 것이 상책이라고 했다.

얼마 되지 않아 다친 아이의 엄마가 부랴부랴 달려왔다. 낮잠을 자다 왔는지 부은 얼굴에 머리를 질끈 동여맨 채였다. 확인한 결과 아이는 나무 문 끝의 갈라진 조각을 만지작거리다 그게 손톱 안으로 파고드는 바람에 다쳤다. 아이 엄마는 갑작스러운 불행에 습격당한 아이를 꽉 안으며 노기를 분출했다. 아이가 알러지가 있어 당부했음에도 불구하고 새우가 든 볶음밥을 먹인 것부터 시작해서, 그동안 마음에 담아둔 탐탁잖은 풍경들을 차례로 언급했다. 이런 곳에 어떻게 아이를 맡길 수 있겠느냐며 그녀는 언성을 높였고 그 바람에 품 안의 아이는 더 크게 울기 시작했다. 원장이 아이 엄마를 진정시키는 동안, 여자는 거듭 죄송하다고 몸을 숙였다. 아이 엄마는 자기보다 열댓살은 아래로 보였다. 여자가 그 또래였을 때, 아이 엄마는 기껏해야 초등학생이었을 것이다. 그때, 아직 젊음이 남아 있던 그때, 자신은 무엇을 하고 있었을까. 여자는 과거의 한 지점으로 기억을 옮겼다.

그곳에 자신이 서 있었다. 갓 결혼한, 뺨이 발그레한 여자가. 남편과는 중매로 만났지만 그럭저럭 부부의 모양새를 띠는 데는 문제가 없었다. 여자는 남편을 기다리며 요리를 하는 시간이 행복했고 고요한 식사를 마치고 그릇을 씻는 시간을 사랑했다. 둘 다 말이 별로 없는 편이었고 서로에게 무리한 것을 요구하는 성격들이 아니었기 때문에 특별히 문제될 것도 없었다. 처음부터 정열은 부재했고 따라서 퇴색될 것도 없다고 생각했다.

하지만 평온함마저 변질될 수 있음을 여자는 시간이 감에 따라 느끼고 있었다. 간간이 대화가 오가던 식사 자리는 어쩐지 시간이 지날수록 어색해져갔다. 겉도는 기류가 마음속에서부터 확산됐고 여자는 그 허전함의 이유가 무엇인지 자주 혼자 고민해야 했다.

주변에선 아이가 없어서라고 했다. 딱히 둘만 있어도 행복할 거라고 생각했던 적은 없다. 아이는 자연히 생기리라 여겼기 때문이다. 이틀에 한번 부부는 의무적으로 관계를 가졌다. 그러나 횟수는 완만하고 꾸준한 하향 곡선을 그려, 일년이 지나자 일주일에 한번꼴로 줄어들었다. 병원에서는 아무런 문제가 없다고 했지만 여자는 초조해지기 시작했다. 이년이 넘어가자 관계는 눈에 띄게 드물어졌다. 의무감에 짓눌려 여자의 몸이 열리지 않거나 남자의 몸에 반응이 오지 않는 경우도 잦았다. 그럴 때마다 각자 허탈하거나 쓸쓸한 마음을 안은 채 둘은 등을 맞대고 누워 눈을 감았다.

여자가 남편에게 의학의 도움을 받아야 할 것 같다고 말한 날부터 둘의 관계에 본격적인 균열이 가기 시작했다. 남편은 인공적인 방법으로 생명을 만들어내는 것이 이미 신의 영역에 손을 대는 것이라고 주장했다. 하지만 여자는 간신히 남편을 달래는 데 성공했고 둘은 난임 전문 병원에 주기적으로 발길을 들였다. 여자는 자신이 왜 그러는지 알지 못했다. 막연히 더 완벽한 무언가를 가지고 싶었을 뿐이다. 평화와 안온함의 상징, 단란하고 완결된 가족을. 때로는 뭔가를 더 완성시키기 위해 힘을 보태는 것이 모든 것을 어그러지게 한다는 걸, 그때는 몰랐었다.

몇차례의 인공수정이 실패로 돌아가고 의사가 시험관 시술을 권유했을 때 남편은 이미 지쳐 있었다. 의사는 여자의 난소가 몸보다 일찍 나이를 먹어, 남아 있는 난자가 얼마 없다고 했다. 서둘러야 했다. 여자는 집착에 가까운 오기로 매일매일 남편을 설득했다. 남편이 겨우 수락하고 나서도, 일련의 과정이 진행되는 동안 여자는 자주 남편의 눈치를 봤다. 대부분의 일들을 여자는 혼자서 해결했다. 난자를 채취하기 위해 약을 먹을 때에도, 매일같이 스스로의 배에 주삿바늘을 꽂아넣을 때에도, 호르몬제 부작용으로 온몸이 부어 뒤뚱거릴 때에도 엔간해서는 남편의 도움을 요청하지 않았다. 며칠에 한번꼴로 병원에 가서 이런저런 검사를 하고 결과를 받을 때조차 남편을 대동하지 않은 경우가 다반사였다.

여자가 남편을 필요로 할 때는 정자를 채취할 때뿐이었다. 난자를 채취한 지 몇시간 안에 정자를 채취해야 했기 때문에 그날만큼은 남편과 함께 병원에 가야 했다. 그러기 며칠 전부터 남편은 말수가 눈에 띄게 줄어들었다. 사형 집행을 기다리는 죄수처럼 침울해지는 남편을 볼 때마다 여자는 견딜 수 없는 기분에 사로잡히곤 했다.

남편이 병원 2층에 있는 정자 채취실로 올라갈 때마다 여자는 손톱을 물어뜯었다. 작은 방에서 자신보다 젊고 몸에 윤기가 흐르고 성욕을 일으키는 여자들의 영상이 나온다는 걸, 헤드폰을 끼고 영상을 보며 남편이 수음을 한다는 걸 여자는 알고 있었다. 그렇게 해서 받아낸 정액이 생명의 재료가 된다는 건 뭐랄까, 몹시 꺼림칙한 생각이 들게 했다. 비슷한 시간에 올라간 남자들보다 남편은 항상 늦게 내려왔다. 핼쑥해 보이기도 했고 개운해 보이기도 했다. 남편은 간호사와 마주치는 것조차 싫어했기 때문에 여자는 남편이 내민 통을 받아 들고 스스로 접수대로 향했다. 검게 라벨링 된 통 안에 들어 있을 미끈한 액체는 누구를 향해 배출된 걸까, 늘 의문을 품은 채로.

여자는 실험실에서 만난 자신의 난자와 남편의 정자를 상상했다. 그것들이 접시 위에서 배양되어 이상한 형태로 커가는 꿈을 자주 꿨다. 여자가 바라는 건 자연스러운 사랑의 결과물이었지만, 병원에 올 때마다 이상한 미래에 살고 있는 느낌이었다.

"딱 세번이야."

처음부터 남편은 으름장을 놓듯 말했었다. 그 말이 어느덧 "이번이 마지막이야"로 바뀌던 날, 여자는 체념한 듯 입을 다물었다. 몇달 후, 그녀는 딱 한번만 더 해보자고 남편에게 애원했다. 밤늦도록 울음과 험한 말들이 오갔다. 하지만 여자는 지지 않고 밀어붙였다. 결국 남편은 고개를 끄덕였다. 이미 생명의 기를 다 빨린 것 같은 낯빛이었다.

남편은 미역국을 좋아했다. 지나가는 말로 자신의 제사상에도 꼭 미역국을 올리라고 말했을 정도였다. 여자가 아이들을 낳았을 때는 산후조리원에 가는 게 그렇게 일반적이지 않았다. 친정도 시댁도 여자를 도울 형편이 아니었고, 병원에서 곧장 집으로 돌아온 여자는 아직 회복되지 않은 몸으로 혼자 미역국을 끓였다. 남편은 여자가 끓인 미역국을 질리지도 않고 매일매일 먹어댔다. 그동안 빨린 기운을 보충이라도 하겠다는 듯. 여자는 꾸역꾸역 미역을 씹어 올리며 국물을 들이켜는 남편을 멍하니 바라보았다. 남편은 홀가분해 보였다. 모든 것이 끝났다는 표정이었다. 여자는 미역국에 손을 대지 않았다. 회복이 느렸고 젖이 잘 돌지 않았지만, 왠지 미역국만큼은 먹고 싶지 않았다. 밑에서 오로가 울컥울컥 나오는 게 느껴졌다. 정신을 차려보면 옷이며 바닥이 붉은 피로 흥건했다. 여자는 서둘러 출산의 흔적을 닦아냈다. 방에는 갓 태어난 쌍둥이가 꼭 달라붙어 누워 있었다. 아직 얼굴의 주름조차 펴지지 않은 핏덩이들. 의지와 상관없이 이제 막 세상 밖으로 꺼내진, 아무것도 모르는 순진한 아이들.

쌍둥이가 생긴 걸 알았을 때 주변에선 모두 축하할 일이라고들 했다. 두번에 할 걸 한번에 한다는 둥, 한번에 네 식구가 된다는 둥의 덕담이 오갔다. 하지만 쌍둥이를 키우는 건 너무나 고달팠다. 해가 지날수록 두배, 네배 자라나면서 여덟배, 열여섯배로 힘에 부쳤다.

그동안 아기를 갖기 위해 부부가 들인 돈의 액수는 생

각보다 컸다. 빚을 졌고 매해 이자가 불어났다. 아이들이 커가며 드는 비용은 매달 여자의 숨통을 옥죄였다. 특별히 대단한 것을 하는 것도 아닌데, 어딘가에 구멍이라도 난 듯 돈이 줄줄 샜다.

남편이 다니던 회사가 문을 닫았다. 남편은 사원이 몇 되지 않는 작은 기획사에서 홍보 일을 했었다. 다른 곳에서 경력을 이어가기엔 나이도, 직책도 애매했다. 남편이 선택한 건 택시 회사였다. 매일매일 회사에 내야 할 사납금을 채우느라 늘 운전대를 잡고 있다시피 했다. 자연히 남편의 존재는 아이들에게서도 여자에게서도 멀어져갔다. 부부 관계를 가진 게 언제인지 기억조차 나지 않았다. 남편이 먼저 다가오는 법은 결코 없었고, 여자 또한 먼저 문제 제기를 하고 싶지 않았다. 그동안 남편을 괴롭힌 것으로 족했다. 더구나 이제 공식적으로 그들은 관계를 가질 이유조차 없었다. 생물학적으로, 그건 무의미한 힘의 낭비였다.

부부가 각자 애쓰는 것에 비해 형편은 나아질 기미를 보이기는커녕 늘 제자리걸음이었다. 아니, 갑자기 나락으로 떨어지지 않는 것일 뿐, 어느새 한발 두발 뒤처지고 있었다. 여자가 할 줄 아는 건, 아이를 키우는 것밖에 없었다. 그래서 그녀는 그 일을 선택했다.

이란성이었지만 아이들은 누가 봐도 일란성으로 보일 만큼 똑같았다. 남편은 종종 아이들을 헷갈렸다. 큰아이는 눈 옆에 점이 있고 작은아이는 점이 없다는 차이로 구분하라고 여자가 자주 상기시켰음에도 불구하고, 남편은 잊을 만하면 비슷한 실수를 했다. 아이들의 뒤통수만 봐도 누가 누군지 단번에 아는 여자는, 그런 남편의 태도를 받아들일 수 없었다. 그가 알면서도 부정하는 느낌이 들었다. 그들의 가정을, 그들의 아이들을.

남편은 아이들과 어떻게 놀아주는지도 잘 몰랐고, 함께 시간을 보내기엔 언제나 너무 피곤했다. 어쩌다 술을 많이 먹은 날이면 남편은 취기에 속내를 털어놓곤 했다.

"난 저 애들이 내 자식이라는 걸 믿을 수가 없어."

여자는 조용히 하라고 달쌱였지만 남편은 그만두지 않았다. 그는 시술 과정에서 오류가 생겼을지도 모른다고 목소리를 높였다.

"라벨이 뒤바뀌었을지 누가 알아? 충분히 가능한 일이라고."

여자가 보기에도 아이들은 남편을 전혀 닮지 않았다. 자신의 신체적 특성은 간간이 발견됐지만, 여자의 특징을 빼고 나면 그애들이 가진 건 미지의 누군가에게서 몰래 훔쳐온 것 같았다. 알지도 못하는 누군가의 손에 의해 배양되어 여자의 몸 안으로 이식된 아이들. 남편의 말이 맞았다. 따지고 보면 완전히 불가능한 일은 아니었다.

"그렇게 못 미더우면 친자 검사를 하면 되잖아!"

여자는 소리 질렀고, 싸움은 결론 나지 않은 채 원점으로 돌아오곤 했다.

아이들은 저희들의 아버지와 가깝지 않았지만 그렇다고 엄마인 자신과 친한 것도 아니었다. 그저 자기들끼리 놀았다. 여자는 한때 자신의 몸 안에 품었던 아이들을 이해할 수가 없었다. 이해하려고 노력하면 할수록 물음표만 떠오를 뿐이었다. 그애들은 서로의 그림자나 거울 같았다. 어려서부터 둘은 이상한 장난을 쳤다. 자리를 바꿔 앉는 건 예사였고, 시험을 바꿔 보기도 했다. 둘은 친구도 없었고 학교에선 공공연한 왕따였다. 누군가의 표적이 되어 괴롭힘을 당하지는 않았다. 키가 멀대같이 컸고 맷집이 좋은데다 둘이 항상 붙어 다녔기 때문에 누구도 그애들을 함부로 건드리지 못했다. 대신 이상한 소문을 만들어내 뒤에서 수군댈 뿐이었다. 둘은 그런 사실에 대해 딱히 괴로워하지도 않았다. 자신들 말고는 그 누구도 필요로 하지 않는 아이들 같았다. 처음부터 부모라곤 없는 아이들 같았다.

간신히 여덟명의 아이가 모두 잠들었다. 잠드는 시간이 제각각이라 모두 잠들게 만드는 것도 여간 힘든 일이 아니었다. 밤에 수면유도제를 옅게 타는 곳도 있다고 들었지만, 그러고 싶지는 않았다. 아이들은 가끔씩 재롱을 피워 여자를 웃음 짓게 만들 때도 있었다. 그러나, 그뿐이었다. 여자도 그 기쁨을 누렸던 시기가 있었다. 하지만 왠지 모든 것이 까마득했다. 너무나 오래돼서 희미한, 진짜 벌어졌는지도 못 미더운 환상 같은 기억들이었다.

기억과 현실은 너무나 달랐다. 아이들은 시끄럽고 소란스럽고 말썽을 피웠다. 젊음을 빼앗아가고, 인생을 주름지게 하고, 가정의 균열을 일으키는 악마들. 그런데 왜 그렇게들 아이를 가지고 싶어하고, 아이가 없는 것이 모자란 행복이라고 생각하고, 아이를 위해서라면 오랜 시간을 노력해 얻은 일조차 포기하는 것일까. 이미 자신이 거쳐온 길임에도, 아이를 향해 미련한 미소를 짓고 있는 젊은 엄마들에게 여자는 동의하고 싶지 않았다. 기회만 있다면 외치고 싶었다. 결국 당신들도 잡아먹히고 말 거라고.

여자는 가만히 방 벽에 기대앉았다. 어지러웠다. 남편의 번호로 전화를 걸었다. 벌써 세번째였지만 계속 묵묵부답이었다. 여자는 문자메시지를 남겼다. **전화해줘요, 빨**

리. 아이들이 깰 시간이 가까워져오도록 답은 없었다. 아들들은 전화를 받지 않았다. 여자는 학교로 전화를 걸려다 그만두었다. 그애들이 오늘 학교에 갔던가. 그랬던 것 같다. 하지만 이미 집으로 돌아왔는지도 모른다. 벌써 남편을 죽여버렸는지도 모른다. 한기가 소름이 되어 등줄기를 따라 돋아났다. 그런데 남편이 죽으면 안 될 이유라도 있는가. 여자는 갑자기 자신이 왜 남편을 지키려고 하는지조차 의문이 들었다.

생각이 이어지는 걸 막기라도 하듯, 한 아이가 몸을 뒤척이며 잠에서 깼다. 곧 도미노처럼 다른 아이들이 연이어 깨어났다. 또 차례대로 기저귀를 갈았다. 아이들을 냉장고 옆으로 조용히 이끌었다. CCTV 사각지대였다. 교사들 사이에선 숨구멍,이라는 은어로 불렸다. 그릇에 삶은 고구마와 망고 주스를 받아와 한입씩 먹였다. 여자의 손놀림은 자신도 모르게 빠르고 거칠어지고 있었다. 한 아이의 입에 억지로 숟가락을 쑤셔넣었고 그러자 울음소리가 이어졌다. 어디선가 지린내가 풍겨왔지만 모른 척 계속 고구마를 아이들의 입안으로 밀어넣었다. 또다른 아이가 목이 메는지 콜록댔다. 망고 주스를 부어넣었다. 꿀꺽꿀꺽, 놀란 눈을 하고 아이가 주스를 삼켰다. 어차피 아이들은 말하지 못한다. 잘해줘도 못해줘도 어차피 똑같다.

첫번째 엄마가 아이를 데리러 왔다. 두번째 엄마도, 세번째 엄마도. 누군가는 고생했다며 캔커피를 건넸다. 여자는 커피를 마시지 않았지만 고맙다고 허리를 굽혔다. 커피를 건넨 엄마가 여자에게서 아이를 받아 유모차에 앉혔다. 유모차는 몇백만원을 호가하는 외국 브랜드의 제품으로, 세련된 디자인이 유명했다. 이 동네는 아기 엄마들 사이에서 유모차 경쟁이 치열하다고 들었다. 유유히 백화점을 거닐며 남의 유모차를 흘낏댄다고 했다. 어쩌면 그들의 아이는 단지 유모차의 최종적인 장식품인지도 몰랐다.

오늘따라 아이들의 하원이 빨랐다. 일곱번째 아이까지 가고 난 후 시계는 오후 다섯시 반을 가리키고 있었다. 이제 한 아이만 가면 여자도 집에 갈 수 있다. 다른 반 아이들도 물밀 듯 빠져나갔다. 원장이 먼저 퇴근을 했고 다른 반 선생들도 하나둘 나가기 시작했다. 하지만 여덟번째 아이의 엄마가 오지 않았다. 보통은 네다섯시면 아이를 데려가는 엄마였지만 일곱시가 넘도록 소식이 없었다. 담임을 맡은 반의 아이들이 모두 하원하기 전에는 집에 갈 수 없었다.

이제 어린이집에는 여자와 여덟번째 아이뿐이었다. 오늘 아침에 가장 늦게 온 그 아이였다. 아이와 둘이 마주 앉은 여자는 노래를 불러주었다. 엄마가 섬 그늘에 굴 따러 가면, 아기는 혼자 남아 집을 보다가. 거기까지 부르고서 여자는 노래를 멈췄다. 아이가 여자를 빤히 쳐다보았다. 아기는 왜 집을 혼자 보는 걸까. 그 어린것을 놔두고 나간 엄마는 정말 굴을 따러 간 걸까.

여자는 앞에 앉은 아이의 얼굴을 물끄러미 바라봤다. 이 아이만 아니었다면 집에 빨리 갈 수 있었을 텐데. 걷잡을 수 없는 증오심이 피어올랐다. 여자는 아이의 목을 조르는 상상을 하다가 고개를 세차게 저었다. 넌 왜 태어났니. 자신도 모르게 조소 어린 말이 입 밖으로 흘러나왔다. 아이는 대답하지 않았다. 멀뚱멀뚱 눈만 깜박였다. 그러더니 배시시 웃으며 여자의 품에 파고들었다. 쌍둥이도 이런 시절이 있었던가. 이렇게 작고 순진무구하고 자기만을 바라보던 때가? 도무지 기억나지 않았다.

딩동. 마침내 아이의 엄마가 왔다. 헐레벌떡 숨을 몰아쉬며, 곱게 화장을 하고, 향수 냄새를 진하게 풍기며. 언뜻 향기 사이로 묘한 체취가 코를 찔렀다. 이 엄마는 엉뚱한 짓을 하다 온 게 분명하다. 자신의 아이를 내팽개치고, 화려하게 옷을 차려입고, 아기 따위는 존재하지 않는 양 낯선 남자와 몸을 섞고 온 게 틀림없다. 장담컨대, 그러느라고 오늘 늦은 것이다.

아기 엄마는 현관 앞에 앉아 자신을 기다리고 있는 여자와 아이를 보고 놀란 듯 눈이 둥글어졌다. 어린이집은 불이 다 꺼져 있었고 여자는 코트를 입고 신발까지 신은 채였다. 여자는 아기 엄마의 시선에 아랑곳하지 않고 차갑게 아이를 건넸다. 별다른 변명도 없이 있는 대로 얼굴을 일그러뜨리곤 쫓아내듯 둘을 문밖으로 몰아냈다. 여자는 둘을 앞질러 급히 걷기 시작했다. 어서 어서, 집에 가야 한다. 남편을 아이들에게서 구해내야 한다.

여자는 지면을 박차듯이 밀어내며 걸음을 옮겼다. 전철을 타고, 온갖 인간들의 틈바구니에 섞여, 지상으로 올라와, 점점 좁아지는 골목으로. 급히 급히, 왼쪽으로 한번, 오른쪽으로 두번, 다시 왼쪽으로 한번. 그리고 거기, 자신이 사는 낮고 초라한 빌라가 눈에 들어왔다. 숨을 죽이며 입구로 천천히 시선을 옮기는 순간 여자는 꺄악, 하고 날카롭게 소리를 질렀다. 그녀가 내지른 비명의 메아리가 공기 중으로 빠르게 흩어졌다.

입구에 긴 그림자가 하나 서 있었다. 그것이 여자를 향해 다가오며 천천히 두갈래로 나뉘어졌다. 아이들이었다. 여자의 아들들. 자신이 잉태했던 기괴한 아기들. 한 뿌리에서 나온 두마리의 어두운 괴물들.

"아빠는, 아빠 어디 있어……?"

여자가 소리쳤다. 왠지 울음이 섞인 외침이었다. 아이들이 슬픈 표정을 지었다. 그러곤 여자의 인생을 좀먹은 지긋지긋한 단어를 동시에 뱉었다.

"엄마."

여자의 눈동자가 두 아이 사이를 빠르게 오갔다. 누가 큰애이고 작은애인지 알 수가 없었다. 그늘져서 눈 옆의 점도 보이지 않았다. 한 아이가 여자의 어깨를 짓누르듯 감싸며 낮게 중얼거렸다.

"미역국을 끓이셔야죠."

다른 아이가 돌림노래를 하듯 똑같은 어조로 읊조렸다.

"아빠가 그래 달라고 했잖아요."

"뭐라고?"

여자가 되물었지만 소리가 목에 걸려 나오지 않았다. 아이들은 여자의 팔을 양쪽에 꿰고 건물 안으로 그녀를 데리고 들어갔다. 순식간에 여자는 집 안에 있었다. 저 멀리 어두운 식탁 위에, 마른 미역 봉지가 보였다. 그 너머로 액자 속의 남편이 도무지 본 적 없는 해사한 미소를 짓고 있었다. 마지막으로 남편을 보았던 때, 그는 무슨 표정을 짓고 있었을까.

병원 영안실에 누운 남편의 얼굴을 여자는 차마 볼 수

가 없었다. 팔이 침대 옆으로 빠져나와 두툼한 손가락이 드러나 있었다. 왜인지도 밝히지 않고 그는 갑자기 거기에 누워 있었다. 이 불쌍한 남자에게, 누가 무슨 짓을 한 걸까.

여자보다 먼저 죽은 남자의 얼굴을 본 건 아들들이었다. 남편은 화장실에서 목을 매달아 죽었다. 미안하다. 그가 죽기 전 남긴 말은 그게 전부였다. 미안하다는 네 글자로 요약되는 삶이라니. 도대체 그가 살아온 몇십년은 무슨 의미를 지녔던 것일까.

"너희가 아빠를……"

여자가 말을 맺지 못한 채 주먹을 꼭 쥐었다. 그녀는 증명해 보이겠다는 듯 득달같이 아이들의 방 안으로 달려들어가, 책장에 숨어 있는 검은 노트를 꺼내 헤집었다. 구겨진 종이가 펄럭거리며 넘어갔다. 하지만 어쩐 일인지 그 안에 아침에 본 내용은 적혀 있지 않았다. 찢겨나간 흔적도 없었다. 그저 의미 없는 낙서들로 가득한 노트였다. 오늘 날짜에 빨갛게 동그라미가 쳐져 있을 뿐이었다. 정성을 들여 세번쯤 꼭꼭 눌러 그린 빨간 동그라미. 이 아이들이 무슨 마법을 부린 걸까. 여자가 매섭게 눈을 치켜뜬채 거칠게 숨을 몰아쉬었다. 아들들이 깊어진 눈으로 여자의 어깨를 조몰거리며 등을 토닥였다.

여자는 그 집을 떠나고 싶었지만 그들은 그럴 형편조차 되지 않았다. 처음에는 끔찍했다. 하지만 차차 그녀는 남편과 함께 살고 있는 거라고, 자신의 가족은 온전하다고 스스로를 위안하기 시작했다. 과거와 현재가 뒤죽박죽되고 원인과 결과가 뒤엉켰다. 눈을 떠도 꾸는 꿈을, 의사는 마음의 병이라고 했다. 마음이 세계를 받아들이지 못할 때 만들어내는 이미지들이라고 했다.

여자는 입을 닫았다. 표정이 냉랭해졌다. 아이들을 거역하는 건 무의미하다. 아니, 위험하다. 자신까지 죽임을 당할 수는 없었다. 살아야 한다. 그러므로 아이들에게 복종해야 한다. 그녀는 말없이 생선을 굽고 국을 끓였다. 아이들이 상을 꺼내 맞잡았다. 남편이 늘 누워 있던 거실, 그 자리에 봉분처럼 상이 놓였다. 나물을 하고 전을 부쳤다. 국화꽃을 한송이씩 던지듯 아이들이 그것들을 차례로 상 위로 올렸다. 어느덧 준비가 끝났다. 여자는 옆으로 물러섰다. 인정하고 싶지 않아 영정 앞에 절 한번 하지 않은 여자였다. 여자 대신 두 아들이 번갈아 향을 꽂고 절을 했다. 중앙에 놓인 남편의 사진 앞으로 흰 연기가 안개처럼 자욱이 서렸다.

남편을 향한 의식이 끝나고 그들은 둘러앉아 밥을 먹기 시작했다. 아이들은 허기진 맹수처럼 맹렬하게 음식을 탐했다. 여자는 은밀하게 두 아이를 훔쳐보았다. 자신이 세상 밖으로 내놓은 의미 모를 결과물들을.

하루 사이에 아이들은 제 고치를 뚫고 나와 허물을 벗은 것 같았다. 몹시 어려 보이고 또 몹시 늙어 보였다. 문득 환영처럼 두 아이의 얼굴에 오래된 얼굴이 스치고 지나갔다. 영겁의 세월을 거치고 아비 어미를 통과해 여자의 몸을 갈라낸 두개의 얼굴이 열일곱의 나이를 지닌 채 눈앞에 앉아 있었다.

여자가 천천히 숟가락을 들어 미역국을 입으로 가져갔다. 짭짜름하고 미끌미끌했다. 한숟갈 두숟갈. 잘도 넘어갔다. 알 수 없는 기분이 몸의 구석구석으로 가지처럼 뻗어나갔다. 새로 태어난 것 같았다.

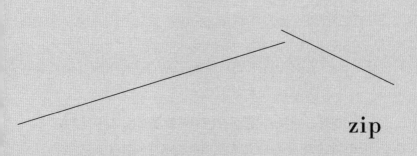

zip

영화는 대체로 '집'이라는 단어를 들으면 묘한 전율을 느꼈던 것 같다. 그 전율은 척추 끝에서 시작해 등줄기로 뻗어올라가 머리를 달구는 동시에 팔뚝에 쫙 소름이 돋게 했다. 그 말은 그것이 지칭하는 뜻을 모두 담기엔 너무 깔끔하고 짧았다. 짧지만 힘주어 발음한 뒤 재빨리 입이 앙 다물어지는 것도 마음에 들지 않았다. 하지만 처음 보는 기한 앞에서 그런 고백까지 하게 되지는 않았다. 비밀스러운 마음은 기한이 처음 들려준 자신의 집에 대한 말들에 가려졌다. 부모님과 함께 사는 집 마당에 여름마다 능소화가 예쁘게 핀다는 얘기를 하며 기한은 이렇게 말했다.

"참 신기하지 않아요? '우주'라는 말도 결국 집이라는 뜻인 게. 집 우, 집 주. 우린 결국 커다란 집 안에서 살고 있는 거죠."

영화는 웃었다. 기한의 눈에는 말갛고 순수한 웃음으로

비쳤을지 몰라도 영화의 입장에선 헛웃음이었다. 자신의 집이 우주라고 생각한 적은 없었다. 영화의 집은 부산하고 여유 없는 곳이었다. 삶에 절어 짜증이 드리워진 부모님의 얼굴과 다섯이나 되는 형제자매. 물론 때로는 정다웠다. 그러나 밥상에 고기반찬이라도 하나 오르면 모두의 젓가락이 공격적으로 달려들던 야만적인 곳에서 영화는 언제나 도망치고 싶었다. 집은 평안히 머무는 곳이 아니라 말하자면 모든 것이 성급하고 굶주린 식구들의 입으로 빨려들어가는 블랙홀 같은 곳이었다.

기한이 고등어조림을 발라 영화의 밥 위에 얹어주었다. 영화는 밥 위에 생선을 얹는 걸 질색했지만 기한의 다정한 태도에 가슴이 두근댔다.

"그런데 우주라는 한자는 어떻게 써요?"

영화가 마음을 들키지 않으려 꺼낸 말에 기한은 이렇게 쓰는 거라며 젓가락으로 허공에 글자를 쓰기 시작했다. 주고받은 편지를 통해 이미 알고 있었지만 기한은 받은 교육에 비해 한자만큼은 잘 아는 편이었다. 영화는 보이지 않는 획들을 좇는 척하며 기한의 숱 많은 눈썹을 몰래 훔쳐봤다. 짙고 굵은 눈썹이 바닷속 미역처럼 암녹빛이었다. 남자가 아름다울 수도 있다고 영화는 생각했다. 영화는 그때 자신이 얼마나 빛나는지 알지 못했다.

영화와 기한은 펜팔로 만났다. 당시만 해도 손으로 편지를 쓰는 게 유행이었고 둘을 맺어준 건 월간으로 나오던 한 잡지의 독자 게시판이었다. 약간의 시사 논쟁과 연예계 이슈까지 함께 싣던 잡지였기에 영화와 기한이 교집합을 가질 수 있었다. 펜팔란에는 편지 교환을 원하는 사람의 이름, 나이, 성별, 주소, 그리고 아주 간략한 취미나 관심사가 적혀 있었다. 모두의 취미가 독서이고 많은 이가 정성 들여 글씨를 쓰던 때다. 영화는 의료기를 파는 회사의 경리였고, 문구 회사에 다니던 기한은 초등학교 앞을 돌며 왁스며 벼루, 종합장을 파는 영업사원이었다. 생활과 감성, 찰나의 생각들이 꼬부려 쓴 글자들과 빨간 우체통을 통해 오갔다. 가끔씩 말린 나뭇잎과 예쁘게 베껴 쓴 시가 동봉되기도 했다. 그들의 편지도 서툰 시 같았다. 그렇게 서른세통의 편지를 주고받은 뒤 일년 만에 기한이 청했다.

영화씨! 만나고 싶습니다, 이제는.

용기와 수줍음이 동시에 느껴지는 그 문구를 영화는 얼마나 읽고 또 읽었던가. 노란 백열전구가 켜진 오래전

이층집에서.

둘은 처음으로 통화를 했고 시청역에서 만났는데 하마터면 그러지 못할 뻔했다. 대전에서 기차를 놓친 기한이 두시간이나 늦었기 때문이다. 한편 약속대로 남색 스카프가 달린 노란 가방을 멘 영화는 낭패감과 모멸감에 휩싸여 눈물이 날 지경이었다. 삼십분만 더 기다리자던 생각은 세차례 연장돼 어느새 두시간이 흘렀다. 다부지게 막걸음을 옮기려 할 때 숨을 헐떡이며 저 혹시,라고 말을 걸던 기한의 모습을 떠올릴 때마다 영화의 가슴에 서늘하고도 뜨거운 기운이 솟구쳤다. 아휴 인간아. 일분만 일찍 자릴 뜨지 그랬니, 일분만! 영화는 매번 덧없이 과거의 자신을 질책한다.

그들은 거의 매일 만났다. 마침 대전에 살던 기한이 서울로 오면서 집도 가까워졌고 그러자 서로에게 더이상 서툰 시를 써서 보낼 필요성도 사라졌다. 영화도 기한도 상대방이 써낸 글자보다 더 생생한 것을 원했다. 당시로서는 꽤 파격적으로 그들은 손도 잡기 전에 키스부터 했다. 산울림의 「내게 사랑은 너무 써」가 흘러나오는 종로의 주점에서였다. 종업원이 다가와 죄송하지만 여기서 이러시면 안 된다고 했을 때, 영화는 머리를 귓바퀴 뒤에 꽂으며 고개를 숙였고 기한은 대구 없이 막걸리 한사발을 벌컥벌

컥 쉼 없이 들이켜곤 난데없는 말을 던졌다.

"지금부터 저는 조금 놀라운 이야기를 하려고 합니다."

영화는 얼떨떨해서 답하지 못했다. 기한의 눈이 너무 벌게서 겁이 났다.

"저는 영화씨를 초대하려고 합니다."

"초대라니요. 어디로요?"

영화가 동그랗게 눈을 뜨고 초대의 장소가 눈앞에 있기라도 한 듯 괜히 주변을 둘러봤다. 기한은 더없이 깊고 진지한 눈빛으로 응답했다.

"새로운 곳, 우리가 만들어갈 세계로요."

말이 끝나기 무섭게 기한이 쩍 벌린 입으로 영화의 입술을 짓눌렀다. 그들을 기가 차다는 듯 노려보고 있는 종업원의 모습을 마지막 장면으로 영화의 눈은 꾹 감겼다. 이번에는 종업원도 질렸는지 더는 그들에게 다가오지 않았다. 기한에게 몸을 맡긴 영화의 머릿속에는 날아갈 듯한 필체로 기한이 베껴 썼던 시가 떠올랐다. 모란이 피기까지는 나는 기다리고 있을 테요. 찬란한 슬픔의 봄을…… 그 찬란한 슬픔의 봄과 지금 자신의 몸을 덮은 축축하고 들뜬 숨소리의 간극 사이에서 영화의 정신줄은 점점 아득해지더니 이윽고 펑 소리를 내며 화려히 소멸하고 말았다. 두 사람 사이에 일 밀리미터의 간격도 없었다. 간격은커녕 몸과 마음이 반죽처럼 눌어붙어서는 내가 너인지 네가 나인지 하며 최선을 다해 상대방이 되고자 했던 시절이었다. 하필 첫 연애라 견줄 경험도, 감정도 없던 게 영화는 원통해 견딜 수가 없다. 타임머신이 있다면 그날로 돌아가 주둥이를 맞대고 있는 자신의 머리를 번쩍 낚아채고야 말 것을.

　기한은 영화에게 꽉 짜인 울타리와 지붕을 제공했다. 견고하되 구멍이 많고 드나들 수 있지만 도망칠 수 없는 울타리와 지붕이었다. 바람은 슝슝 불어들었고 비가 사방에서 새어들어왔으며 파도가 철썩철썩 몰아치고 태풍이 모든 것을 엉망으로 뒤흔들었다. 그들의 집은 종종 모습을 바꾸었다. 지하에서 시작된 신접살림은 운 좋게 작은 복도식 아파트가 되는가 싶더니 갑자기 산동네의 빌라로 변신하곤 다시 난데없는 변두리 셋방이 되어 있었다. 크기도 커졌다 작아졌다 하면서 마치 누군가의 장난 어린 지휘에 따라 팡팡 둔갑하는 것 같았다. 그렇게 자주 바뀌는데도 영화가 받아들이는 집의 느낌은 늘 동일했다. 모든 것이 위태위태했지만 뼈대만은 끄떡도 하지 않아서 영화는 그 안에서 옴짝달싹할 수가 없었다.

미쳤지.

내가 미쳤지.

내가 미친년이지.

영화는 틈만 나면 속으로 중얼거렸다. 때로 우울했지만 적어도 고요했던 영화의 삶에, 기한은 너무나 많은 드라마를 제공했다. 나열하자면 끝도 없지만 요약하면 「사랑과 전쟁」에 「세상에 이런 일이」와 「안녕하세요」를 합쳐놓은 것 같은 닳고 닳은 드라마였다. 기한은 잊을 만하면 자잘한 여자 문제로 영화의 골머리를 썩였고 몇년에 한번씩은 미래의 보물이 될 거라며 해괴한 잡동사니를 수집하느라 목돈을 탕진했으며 그럼에도 불구하고 영화가 겪는 고초에 전혀 동감하지 못한 채 늘 당당하고 뻔뻔스럽기만 한 태도를 고집했다.

영화는 폭풍우가 몰아치는 이 골조만 남은 집에서 탈출할 계획을 여러번 세웠지만 그때마다 운명의 장난처럼 때맞춰 결정적인 사건이 터지곤 했다. 어머니의 죽음이라든가 시어머니의 응급수술이라든가 아버지의 교통사고라든가 시동생의 자살 시도라든가 하는 일급 위기 상황들이 닥쳤다. 조금 더 세월이 지나면서는 큰애의 무단결석이나 작은애의 재수 같은 일들까지 가세하면서 그야말로 기한이 제공하는 드라마는 잠시나마 약해지거나 수습해야 할 일들의 우선순위에서 뒤로 밀리게 되는 것이었다.

잔인한 운명에 무릎을 꿇을 때마다 영화는 이를 아드득 빠드득 갈며 작은애가 성인이 될 때까지만 기다리자고 탈출의 시점을 유예했다. 그렇게 두 사람은 석연찮은 동지애를 나누며 꽤 오랜 시간을 한 공간에 살아 오늘날에 이르렀고, 그러는 동안 영화도 기한도 서로를 처음 알게 된 날과는 전혀 다른 사람이 되어 있었다.

첫째인 딸이 회사에서 팀장이 되고 둘째인 아들은 박사과정에 들어선 현재, 여전히 영화는 기한과 함께 살고 있다. 막상 인생의 커다란 폭풍들이 지나가자 강렬했던 감정들은 전보다 흐릿해져갔다. 한때는 분노와 복수심으로 단단하게 응집된 결심을 실행시킬 날만을 기다렸다. 하지만 언젠가부터 마음속에 생기기 시작한 작은 점 같은 생각은 점점 몸집을 키워 똬리를 틀더니 어느새 구렁이처럼 커다래져서 마음을 지배했다. 너무 늦은 게 아닐까. 미움의 정열마저 굳이 태워버리기엔. 사실은 이대로도 좋은 게 아닐까.

그 생각에 뿌리를 내려준 건 얼마 전 동창회에서 숙희의 아들에 대한 이야기를 듣고 나서부터였다. 고등학교

동창인 숙희는 결혼한 지 이년 만에 사기 혐의로 피소된 남편과 이혼을 하고 그후로 줄곧 혼자서 아들을 키웠다. 그렇게 자신의 의견을 당당하게 내놓고 결정하는 이미지는 아니었기 때문에 숙희가 단칼에 결혼생활을 끊어낸 건 놀라운 사건이었다.

자신이 오지 않은 모임에서조차 숙희는 항상 훌륭한 화젯거리가 되어주었다. 동창들 사이에선 걱정과 동정을 적절히 섞은 품평이 오갔다. 그 사실을 아는지 모르는지 숙희는 굴하지 않고 동창회에 얼굴을 비쳤다. 언제나 제일 늦게 와서 제일 일찍 자리를 뜨는 숙희가 먼저 가겠노라며 열발짝쯤 멀어지면 동창들은 그녀의 가느다란 뒷모습을 바라보며 말하곤 했다. 외로우니 우리 말고 누가 있겠니, 잘 살아야 할 텐데. 그러면서 다들 뜻 모를 입맛을 짭, 하고 한차례씩 다셨다. 그렇지만 과연 인생은 새옹지마라, 세월이 지나면서 어떤 지점들에서 숙희가 역전하기 시작했다.

숙희의 아들이 일류대에 입학할 때만 해도 흠흠, 하던 여론은 그 아들이 단번에 대기업에 취직하고 숙희가 부동산 투자로 번 돈이 상상 이상이라는 사실을 알게 되자 차츰 민낯을 드러냈다. 어떻게 그런 일이 가능하냐는 둥, 아무리 운이 좋았어도 애초에 그런 밑천을 마련하다니 정말

대단하다는 둥의 말들이 쏟아져나왔다. 그러곤 숙희를 바로 겨냥할 수는 없어 한바퀴 돌린 얘기들이 이어졌다. 숙희와 비슷한 처지를 겪고 유사한 성공을 이룬 지인을 언급하면서 '그 지인의 경우' 사실은 밑천이 그 밑천이 아니라 다른 밑천이었다는 둥, 아등바등 살다보니 주변에 아무도 없다는 둥 험한 말들이 깔깔거리는 웃음 안에 악의 없는 농담인 양 간간이 섞이곤 했다. 영화는 적극적으로 그 농담에 참여하진 않았지만 웃음이 터져나오는 포인트에서는 늘 박자를 놓치지 않고 함께 웃었다. 그러노라면 순간이나마 숙희처럼 용기를 내보지 못한 데 대한 후회가 사그라졌다.

최근 숙희는 모임에 나오지 않았다. 그건 새로운 국면을 암시했는데, 듣자 하니 그 잘나가던 아들이 회사에서 부장에게 주먹을 휘둘러 해고될 위기에 놓였다고 했다. 매번 새 소식을 물어오는 혜순이가 목소리를 높였다. 그것 봐. 결국 집안이 곪아 있으면 가족 중 누군가가 그 고름을 대물림하게 돼 있어.

영화는 자신의 얘기를 누군가에게 시시콜콜 털어놓는 타입이 아니었다. 어려서부터 그럴 수 있었던 건 삶이 자랑과는 반대되는 것들로 채워져 있었기 때문이다. 내면의 어둠은 바깥으로 발설할수록 몸집을 부풀려 결국 자신에게 비수가 되어 돌아온다는 사실을 영화는 학창 시절과 짧았던 직장생활을 통해 이미 알고 있었다. 기한과의 삶에 대해서도 영화는 철저히 입을 닫았다. 그리고 바로 오늘 같은 날 영화는 자신의 선택이 지혜로웠음을 깨닫는 것이었다. 삶의 고단함과 늙어감에 대한 한탄은 했어도 집 안의 이야기를 바깥에 흘리고 다닌 적은 없다. 그랬기에 그녀의 삶은 실제의 경험과 상관없이 완전무결했다.

집으로 돌아오는 길에 숙희의 얼굴을 떠올리자 영화는 갑자기 장이 보고 싶어져 마트에 들렀다. 영화는 돈을 아끼지 않고 온갖 재료를 사서 그날 기한에게 모처럼 푸짐한 저녁상을 차려주었다. 기한이 땀을 뻘뻘 흘리며 버섯과 소고기가 들어간 매운 두부전골을 먹는 동안 영화는 기한이 마지막 직장이었던 유제품 회사에서 퇴직을 하며 받은 공로상 상패를 정성스레 닦았다. 말이 공로상이지 개근상과 비슷한 상으로, 그 상과 함께 기한은 명퇴자가 되었고 그게 바로 몇달 전의 일이었다. 기한이 차라리 돈으로 주면 좋았을 거라며 투덜댔던 그 상패다.

"왜 쓸데없는 짓을 하고 있어."

기한이 묻자 영화는 웃었다.

"쓸데없긴요. 이게 다 당신이 고생했다는 뜻인데."

그날따라 부드러운 목소리로 영화가 말했다. 기한은 모욕을 당하기라도 한 듯 끙 소리를 내며 먹기만 했다. 밥을 한술 넘길 때마다 음식 맛, 음식의 양, 재료비에 대한 소소하지만 집요한 핀잔이 따라붙었다. 대체로 기한은 영화를 그렇게 대했다.

딸이 결혼을 앞둔 시점이었다. 얼마 전, 죽어도 결혼은 하지 않겠다던 애가 예비 사위를 데리고 왔을 때 영화는 반색했다. 회사에서 만났다는 예비 사위의 얼굴엔 별로 표정이 없었지만 영화는 최선을 다해 그를 반겨주었다.

"성실한 것 같드라. 인물도 그만하면 반반하고."

예비 사위가 돌아가고 난 후 영화가 남은 사과를 깎으며 말했다. 딸이 TV를 껐고 그러자 둘의 모습이 검은 화면에 비쳤다. 딸의 얼굴은 심통이 난 것처럼 부어 있었다.

"엄마는 결혼생활에 그렇게 이골 났으면서 내 결혼은 뭘 또 그렇게 반겨."

"이년아, 그건 그거고 이건 이거고. 이미 지난 거랑 앞날 창창한 거랑은 다르지."

"년년 하지 마세요. 그것도 폭력이야."

넌 어째서 그렇게 항상 골이 나 있느냐고 한 소리를 했다가 결국 대화의 톤은 높이 치솟았다. 그 와중에 기한이 다가와 소파에 털썩 앉더니 리모컨을 켰다. 그는 채널을 바둑 프로에 고정시키더니 일초에 한번쯤 버튼을 누르며 서서히 볼륨을 키웠다. TV 음량이 모녀의 입씨름하는 소리보다 커질 때쯤 딸이 리모컨을 홱 빼앗아 집어던졌고 그들이 일년 전 인터넷 가입 회사를 바꾸며 증정받은 55인치 TV에 기다란 금이 갔다.

결혼을 준비하면서 몇차례 네 식구가 한자리에 모일 일들이 필요해졌다. 그럴 때면 꼭 누군가가 폭발을 했고 다른 누군가는 자리를 박차고 나갔다. 딸의 결혼 날짜가 다가올수록 영화의 가슴은 조마조마하게 오그라들었다. 그러면서도 감사한 마음으로 이런 과정을 거치면 집안의 풍경이 한층 성숙해질 거라고 기대했다.

그런 영화의 마음이 차갑게 굳어버린 건 우연히 기한의 전화 통화를 엿듣게 되면서부터였다.

딸의 결혼을 일주일 앞둔 어느 밤이었다. 잠이 깨 거실로 나간 영화는 기한이 낮게 중얼대는 소리를 들었다. 작고 다급한 목소리에는 비밀이 묻어 있어 절로 영화의 몸을 곤두서게 했다. 여자일까. 만약 그렇다면 차라리 모른 척하고 싶었다. 석달 이상 관계가 지속된 경우만 해도 십년에 한번꼴이었다. 적당히 외면하거나 끝까지 추궁하지 않아 외도의 횟수에 포함시키지 않은 적도 많았다.

하지만 기한이 목소리를 잔뜩 깐 채 통화하는 사람은 오랜 친구인 동우였다. 동우는 오십이 넘어서까지도 술에 취한 기한과 새벽녘에 집으로 들이닥쳐서는 영화를 자다 깨 술상 차리게 만들었던 이다. 영화가 십분가량 문 뒤에서서 얻어낸 이야기는 기한이 고급 정보라고 믿고 돈을 끌어모아 투자한 결과 일억을 날렸다는 사실이었다. 기한은 그 돈을 십년에 걸쳐 갚아나갔고 마지막 채권자인 동우에게 빌린 돈을 지금 막 입금했다는 내용을 전하기 위해 통화를 하고 있었다. 영화는 뒤늦게 쓸모없어진 퍼즐을 맞췄다. 어느날부터 동우가 발길을 딱 끊던 것도, 걸려오는 전화를 기한이 피하던 데에도 다 그런 이유가 숨어 있었던 거구나. 일억원. 얼마 동안 어떻게 메꿀 수 있는 돈인지 영화는 전혀 실감이 나지 않았다. 기한은 마치 영화의 걱정을 읽기라도 한 듯 영화를 누구 엄마로 지칭하며 이렇게 말했다.

"어차피 그 여자는 몰라. 집안만 알지 이 집이 어떻게 돌아가는지, 집 밖에선 무슨 일이 벌어지는지 아무것도 몰라."

영화는 잠깐 서 있다가 발끝을 세워 침실로 돌아갔다. 일단은 누웠고 세월이 단련시킨 대로 모든 내면의 소리를 무시한 채 잠을 청했다. 사실 영화는 그 일억의 빚을 어렴풋이 알고 있었다. 아무리 무시하려 해도 기한이 커다란 일을 저질렀다는 증거와 힌트 들은 오랜 세월 그를 그림자처럼 따라다녀 모르려야 모를 수가 없었다. 그러나 영화는 알은체하지 않았다. 알은체하고 말하는 순간 모든 재앙이 그들을 덮칠 것 같아 두려웠기 때문이다. 알은척하지 않는 이상 그 돈은 실체가 없는 것처럼 느껴졌다. 기한이 끝내 스스로 해결했으므로 어떻게 생각하면 다행한 일이었다.

하지만 기한이 마지막에 뱉은 말은 너무도 강력해서 시간이 갈수록 마음에 조금씩 배어들어 심을 박기 시작했다. 어차피. 그. 여자는. 몰라. 한 단어 한 단어에 무게추가 실렸다. 억울함과 동조가 반씩 들어 있는 무게추였다. 맞는 말이기도 했고 아니기도 했다. 그렇다면 나는 그 말을 어떻게 받아들여야 하지? 하루에도 열두번씩 스스로에게 묻는 통에 그 말의 크기는 점차 커져갔고, 종국에는 강렬한 감정이 영화를 지배하기 시작했다.

예비 사위의 본가가 속초인 것을 고려해 예식은 동서울터미널 근처의 한 식장에서 치러졌다. 예식의 풍경은 어느 곳에서도 많이 본 듯 흔한 모습이라 주인공만 따로 잠깐 바꿔놓은 것 같았다. 기한의 눈빛은 내내 형형해서 영화는 그가 눈물을 참고 있는 줄 알았다. 그러나 식이 끝나고 나오자마자 기한은 홀 밖에서 축의금을 받는 신랑 쪽 친구들을 보며 이렇게 말했다.

"저쪽 잘 보고 있어. 축의금 가로채는 새끼들 없는지."

기한이 그 말을 할 때 영화의 뒤에는 숙희가 서 있었다. 숙희는 깜짝 놀란 듯 표정이 잠깐 변했고 영화는 걷잡을 수 없는 감정을 간신히 누른 채 어서 모든 행사가 완전히 끝나기를 바랐다.

집에 돌아온 그들은 일찍 자리에 누워 낮잠인지 밤잠인지 모를 긴 잠에 빠져들었다. 새벽녘에 누군가의 부고 문자가 울렸다. 왕래가 끊긴 지 오래된 기한의 회사 동료였다. 한참을 꾸물대고 뒤척이다 결국 그들은 정오가 지난 시각 장례식에 갔다. 해가 쨍한 여름, 한낮의 장례식장엔 그들뿐이었다. 영화는 음식을 먹지 않고 버텼다. 딸이 결혼한 다음 날 남의 장례식 밥을 먹고 싶지는 않아서였다.

"그러면 오지를 말았어야지, 이 사람아. 밥값으로 얼마를 냈는데."

기한이 한심한 듯 일갈하더니 육개장을 두그릇이나 비웠다. 내친김에 소주도 한병 따더니 혼자 따라 마시는 기한을 영화는 물끄러미 바라보기만 했다. 조금 전 영화가 준비한 부의금 봉투에서 슬그머니 오만원을 빼갔던 기한이다. 영화는 누군가의 죽음 앞에서 '밥값'이라는 단어를 쓰는 그를 도무지 이해하기 힘들었다. 술이 들어가자 기한은 어제 분명히 축의금을 빼간 놈들이 있을 거라며 툴툴댔다.

"남의 돈 쌔벼간 새끼들은 다 천벌을 받아야 해."

기한은 그런 식의 말을 밑도 끝도 없이 늘어놓기 시작했다. 그래, 알고 있다. 기한이 얼마나 고단한 삶을 살아왔는지 조금은 안다. 그런 심정으로 영화는 참고 참고 참다가 여보, 하며 끼어들었다.

"아무도 축의금 안 뺏어갔어. 그냥 당신 딸이 행복하길 바라고 우리가 즐겁기를 바라봐, 응?"

"그렇게 순진하게 살다가는 잡아먹혀. 내가 뭘 어쨌는데?"

기한의 고집 어린 논리에 영화는 일단 입을 닫고 차에 탈 때까지도 침묵을 지켰다. 기한이 짧은 시간 동안 주량을 웃도는 술을 마셨으므로 운전도 당연히 영화의 몫이었다. 기한은 조수석에 앉더니 차가 출발한 지 십분도 되지 않아 글러브 박스 안에 구겨 넣은 봉투를 꺼내 어제 이미 다 셌던 축의금을 헤집으며 계산하기 시작했다. 기대보다 액수가 적다며 기한은 낮고 빠르게 전날의 하객들을 저주했다. 이어서 말세를 넘어 망조인 요즈음의 세태와 이 세계 전체를 묶어 비난했다.

영화는 말없이 운전을 했다. 왜 귀에는 덮개가 없을까. 눈은 감아버리면 되고 입은 닫아버리면 되고 숨은 턱 끝에 차오를 때까지 참아버리면 그만인데 귀는 왜 이렇게 속수무책인 걸까. 왜 의지로는, 자력으로는 단 한마디도 걸러낼 수가 없는 거지. 게다가 나는 지금 손으로 귀를 막을 수도 없잖아.

영화는 운전대 위에 오롯이 얹어진 두 손을 원망하며 액셀에 얹은 발을 꼼지락댔다. 저 쓰레기 같은 언어를 언제까지 들어야 하지. 이건 마치 포로를 고문하는 것 같아. 하긴 나는 평생 그렇게 살아왔지. 그런데 참 신기하다. 저 사람도 똑같이 귀를 가졌는데, 맘먹기 따라 전혀 듣지 않을 수 있는 능력이 갖춰진 귀라니.

들리는 말과는 다른 잡념이 영화의 뇌리를 감쌌고 그제야 그녀는 기한이 생산해내는 끝없는 소음에서 약간은 멀어질 수 있었다.

화창하던 날은 갑자기 회색 물감을 죽죽 그은 것처럼 흐려지더니 멀리서 천둥이 그르렁 울었다. 에너지가 떨어진 기한은 꾸벅꾸벅 졸기 시작했고 밀폐된 공기 속에 그의 숨결이 새우젓 냄새를 풍기며 낡은 세단의 먼지 냄새와 비릿하게 섞였다.

영화는 창문을 열었다. 그러느라 신호를 놓쳤다. 이상한 날이었다. 참 많은 것을 한 하루였는데도 시간이 길게 늘어난 듯 해 질 기미가 보이지 않았다. 영화가 운전대를 잡은 손의 긴장을 풀었다. 모든 것을 우연에, 그리고 느슨한 의도에 맡기고 싶었다. 전에 없던 대담함이 그녀를 지배했다. 영화는 목적도 뭣도 없이 직진했다. 그러다 질리면 좌회전을 했고 신호가 걸리면 핸들을 오른쪽으로 틀었다. 그동안에도 기한은 깊은 잠에 빠진 채 점점 더 진한 냄새가 나는 숨을 내뿜었다. 영화는 기한의 발치에 굴러다니고 있는 돈뭉치를 바라봤다. 그렇게도 돈에 집착하면서 기한은 늘 돈을 아무 곳에다 두었다. 그러고선 돈을 잃고 또다시 돈에 집착했다. 내가 모른다고? 아무것도 모른다고? 영화의 마음속에서 며칠 전 들었던 기한의 낮은 목소리가 왕—— 울렸다. 영화는 기한의 발밑에 폐품처럼 놓인 돈 봉투에서 지폐를 한장씩 꺼내 차창의 바람에 날려버리는 상상을 하느라 자신이 어디까지 와버렸는지 전혀 자각하지 못했다.

"여기가 어디야."

마침내 부스스 깨어난 기한이 물었을 때 영화는 순순

히 답할 수밖에 없었다.

"몰라 나도."

서울을 벗어난 지는 한참 되었고 몇달 전에 고장 난 내비게이션은 꺼져 있었다. 표지판을 통해 그들이 본 건 여기가 경기도 외곽의 어디라는 사실뿐이었다. 인적은 드물었고 옆에는 반듯한 논이 펼쳐져 있었다. 영화는 곡선으로 이어진 도로를 따라 천천히 차를 돌렸다. 갑자기 의외의 장소가 눈앞에 나타났다. 평평하고 잠잠한 숲이 끝도 없이 시야를 메웠다. 양옆으론 울창한 나무들이 삐죽이 하늘을 향해 솟아 있었다. 영화는 차에서 내렸다. 이상하게 운전을 오래 했는데도 피곤하지 않았다.

풍경에 압도된 영화는 앞서 걷기 시작했다. 주섬주섬 따라 나온 기한도 별다른 말없이 걸음을 옮겼다. 어느 순간 숲이 뒤로 밀려나며 덩그마니 서 있는 회색 건물들이 눈에 들어왔다. 뻥 뚫린 아파트 공사 현장이 펜스도 없이 펼쳐져 있었고 20층이 넘는 건물 세채가 뾰족하게 하늘을 찔렀다. 모두 짓다 만 채였으며 앞으로도 지어질 것 같지 않은 듯 그 상태로 낡아가고 있었다. 기한이 뉴스에서 종종 본 적이 있다며 거친 목소리로 나불댔다. 미분양되었거나 누군가가 중간에 돈을 가로채 짓다 말고 방치된 아파트들에 관해서.

하지만 쓸데없다는 톤으로 말하고 있는 기한과 달리 영화는 눈앞의 집들이 압도적이라고 느꼈다. 집은 집인데 사람은 전혀 배제된 집. 그것들은 이미 그 자체로 존재의 목적을 이룬 것처럼 보였다.

"만약에 끝까지 지어졌다면 어떤 사람들이 살았을까?"

영화가 혼잣말하듯 물었다.

"저렇게 허물어진 집에 살긴 누가 살아."

기한이 퉁명스레 답했다.

"맞아. 나도 예전부터 그렇게 생각했다면 좋았을걸."

영화가 말했다. 무심하게 말했을 뿐인데 고즈넉한 저녁 공기에 뱉어져서인지 품었던 마음보다 훨씬 냉랭한 톤이었다. 기한은 영화의 말에 담긴 온도를 알아챌 만큼 민감하지는 못했지만 무안한 듯 어깨를 으쓱 올렸다. 이상하게 여기서는 영화가 주도권을 가진 것처럼 느껴졌다. 좀 더 걸을까. 영화의 말에 기한은 쭈뼛거리며 무겁게 발을 옮겼다.

푸르스름하던 저녁 빛은 장면을 바꾸듯 일시에 보랏빛으로 물들었다. 세 건물의 정중앙에 작은 호수가 하나 보였다. 아마도 입주민의 문화시설로 설계했을 인공 호수는 이 터에서 유일하게 완성된 것처럼 동그랗게 빛나고 있었다. 분명히 바람은 나무들을 부드럽게 흔들고 있는데 거대한 삽화를 그려서 세워놓기라도 한 듯 호수 위에는 물결이 전혀 일지 않았다. 영화와 기한은 무대 위로 향하는 배우들처럼 홀린 듯 호수를 향해 다가갔다. 보이지 않던 새들이 무리를 지으며 높이 날아올랐고 요란한 날갯짓 소리와 함께 한줄기 두터운 바람이 영화의 머리칼을 날렸다. 덥고 찜찜한 바람이었다.

"참 이상한 곳이다."

영화가 호수를 바라보며 말했다. 맨질맨질한 호수 주변에는 별다른 안전장치도 없었다. 몇개의 계단이 호수 한쪽을 허술하게 감싸고 있을 뿐이었다. 왜인지 알지 못한 채 영화와 기한은 계단 아래로 내려가 호수 위로 얼굴을 드리웠다. 검은 두 얼굴이 잔잔한 물결 위에 아른거렸다. 영화는 오랫동안 말하고 싶었던 것을 말할 때가 왔다고 생각했다. 실은 단순한 얘기였다.

"당신은 내가 아무것도 모른다고 생각하겠지만 나는 다 알아."

영화가 조용히 입을 열었다.

"당신이 어떤 사람이었고 어떻게 변해왔는지, 우리가 어디서 시작해서 어떻게 여기까지 왔는지 당신은 까맣게 잊어버린 시시콜콜한 일들까지도 나는 다 알고 있어."

영화는 기한에게 그뒤로도 몇마디를 더 건넸다. 하지만 무어라 말했는지, 기한이 뭐라고 반응했는지는 끝까지, 아주 오랜 시간이 지난 후까지 기억나지 않았다.

말을 마치고 나서 영화는 고개를 돌렸다. 옆에 있어야 할 기한이 보이지 않았다. 뒤를 돌아보자 기한의 검은 그림자가 회색 건물 안으로 휙 사라지고 있었다. 끝까지 한마디도 듣지 않는구나. 영화는 절망했지만 그 절망에는 여느 때와 다른 분노가 섞여 있었다. 오늘은 가만히 당하고만 있기 싫었다. 뒤쫓아가서 팔을 홱 잡아채며 처음부터 다시 똑똑히 들으라고 경고하고 싶었다. 영화는 씩씩거리며 기한의 그림자를 쫓아 건물 안으로 뒤따라 들어갔다. 안은 어둡고 조용했다. 한걸음씩 발을 옮길 때마다 습한 시멘트 냄새가 피어올랐고 누군가를 집에 데려다줄 기회를 잃은 엘리베이터의 꽉 닫힌 문이 정면에 희미하게 보였다. 끝까지 지어졌다면 예쁜 집들이 되었을지도 모르는데. 갑자기 견딜 수 없는 피로가 몰려왔다. 불필요한 것들로 가득 찬 지루한 하루였다. 빨리 이 하루의 끝을 내고 싶었지만 힘이 나지 않았다.

몰라. 영화는 중얼거렸다. 그래 난 몰라. 저 양반 말대로 아무것도 모르지. 영화는 눈을 감고 엘리베이터를 마주 본 비상계단에 앉았다. 어둠 속에서 그러고 있어도 무섭다는 느낌조차 들지 않았다. 그저 이것이 영원한 끝이라면 얼마나 좋을까만 바랐다. 그것이 꿈속의 바람인지조차 알지 못한 채.

까무룩 잠이 들어 두어번 고개를 주억거리던 영화가 눈을 떴다. 이상한 예감에 그녀는 밖으로 쏟아지듯 달려나왔다. 여보. 영화가 기한을 불렀다. 여보, 여보, 여보.
그는 대답하지 않았다.

처음에 영화는 기한이 숲에서 완전히 사라진 거라고 생각했다. 영원히 실종되어 다시는 발견할 수 없을 거라 확신했다. 하지만 출동한 지 이십분 만에 경찰은 기한을 호숫가 옆 바위 밑에서 발견했다. 얼굴은 공기에 닿아 있었지만 폐에는 물이 가득 차 있었고 이미 회복 불가능한 뇌 손상을 입은 채였다. 영화는 몇차례 꼼꼼한 조사를 받았지만 경찰들은 영화에게서 별다른 혐의를 발견할 수 없었다. 기한의 사건은 실족 사고로 결론 났다. 그리고 비로소 삶은 영화가 꿈꾸던 만큼 적막해졌다.

기한은 흔히 사람들이 식물인간이라 말하는 상태가 되었다. 그러나 영화는 그 말이 절대적으로 부당하다고 느껐다. 기한의 몸은 식물이라는 별칭을 갖기엔 너무나 크고 무겁고 더러웠다. 영화는 사람들이 어째서 무능력해진 동물을 식물에 빗대는 건지 이해할 수 없었다.

영화는 오랜 세월 들었던 적금을 깨 기한의 병원비에 부었다. 곧 나가서 일을 하지 않으면 안 된다는 압박감에 시달렸지만 아직까지는 버틸 수 있었기 때문에 영화는 노동의 시작점을 조금씩 미뤘다. 조금이라도 고요히, 혼자만의 공간에 살아보고 싶었다. 그래서 일단은 그렇게 했다. 평화롭고 조용한 집에서 영화는 꽃에 물을 주고 커튼색을 바꿨다. 라디오에 사연을 써서 소소한 경품을 받기도 했다. 집 안의 공기가 차츰 바뀌었다. 새우젓 냄새가 사라졌고, 영화만의 체취와 햇빛 냄새로 가득한 집이 되었다. 한주 내내 기한의 병원에 다녀온 후 주말을 앞둔 저녁이면 영화는 꼭 대중목욕탕에 들러 깨끗이 목욕을 했다. 어째서 그렇게 된 것인지는 알 수 없었으나 그것은 이내 의식이자 종교가 되었다.

아이들이 찾아와 영화와 저녁을 먹을 때면 집 안은 잠시 침울해졌다. 새 가정을 이룬 딸 부부와 선생이 된 아들은 기한을 동정하며 눈시울을 붉혔고 남매는 몇 안 되는 유년의 기억을 헤집으며 때로 울음을 터뜨렸다. 영화는 고개를 끄덕이기도 하고 눈물을 글썽이기도 했다. 모두 진심에서 나온 행동이었다. 그러나 아들이 여자친구를 데려와 이렇게 말했을 때는 말을 잇기가 힘들었다.

"아버진 정말 좋은 분이셨어. 그리고 나는 그분에게 내가 그렇게 생각한다는 걸 말할 기회가 없었지."

아들은 기한과 말을 거의 섞지 않았다. 중학교 때 몇차례 뺨을 맞으면서 사이가 틀어져 커서도 서먹하고 데면데면했다. 영화는 아들이 제 아버지와 화해할 기회도 갖지 못한 채 영영 단절되었다는 것이 가끔은 애잔했다. 그래서 오히려, 기한을 공식적으로 용서하는 그 말은 달리 말하면 아들이 머지않아 아버지가 될 거라는 선언으로 들렸다.

불가능할 거라 여겼던 기한의 병수발은 위태롭지만 오래도록 유지됐다. 때로는 죽을 것 같기도 했고 때로는 기한이 이제 그만 붙잡은 명을 놓아주었으면 좋겠다고 바라면서도 또 그렇게 하루하루가 꾸역꾸역 살아져 한달이 되고 일년이 되고 삼년이 되었다. 기한은 더 좋아지지도 나빠지지도 않는 상태로 누워 지내며 시간이 지날수록 아이들의 기억 속에서 점점 좋은 사람, 이해가 되는 사람, 불쌍한 사람, 살아 있지만 그리워할 수밖에 없는 사람이 되어 갔다. 한 사람에 대한 기억과 감정이 용해되고 닳아가는 것. 그래, 그것도 나쁘지는 않구나. 영화는 그렇게 생각하긴 했지만 마음 깊은 곳에서는 그날 저녁 호수에서 무슨 일이 있었는지를 자주 되짚어보곤 했다.

아무리 곱씹어도 내가 그런 건 아니야. 그렇다면 어떤 일이 벌어진 거지.

가끔씩 그런 말들이 영화의 가슴속에서 조용히 소리쳤다. 그 소리를 잠재우기 위해 영화는 꽃에 물을 주며 시에다 음악을 붙인 노래들을 허밍으로 불렀다.

딸의 아이가 네살이 되는 동안 영화는 자주 그 아이를 대가 없이 맡아주었다. 딸은 이따금씩 용돈을 쥐여줬지만 영화는 그 돈을 허투루 쓰지 않고 모았다가 아이의 과자값이나 옷값에 보탰다. 마트를 거쳐 백화점 식품 매장의 캐셔로 일한 지도 이년이 지나 있었다.

어느날 계산대에 프랑스산 생수를 잔뜩 내려놓던 누군가가 영화에게 말을 걸었다. 어머, 영화야. 숙희였다. 영화는 숙희가 골라놓은 물건들을 바코드로 찍으며 화답했다. 숙희는 굳이 영화가 쉬는 시간까지 기다리겠다며 버텼고 조금 후 영화는 찜찜한 마음을 안은 채 백화점 4층 커피숍으로 달려갔다. 기한이 그렇게 된 후로 동창 모임에 나가지 않았던 영화였다. 숙희의 얼굴은 포동포동해져 있고 곱슬하게 펌을 한 머리는 여전히 숱이 많고 빛났다.

한때 문제를 일으켰던 아들은 같은 회사에서 승진을

하고 얼마 전 결혼했으며, 자신도 얼마 전 혼인신고를 마치고 동거를 시작했다는 숙희의 말에 영화는 깜짝 놀랐다. 일평생 버티듯 살아온 숙희가 굳이 그런 선택을 하다니 정말 의외였다. 정작 숙희는 만족하는 듯 보였다. 그녀는 자상한 재력가인 지금의 남편을 만나게 된 경위를 길게 쏟아냈고 그러느라 영화의 휴식 시간을 거의 다 빼앗아버렸다. 영화는 입을 다문 채 훌륭한 경청자의 태도를 유지하며 시간이 가길 기다렸다. 그래서인지, 이제 그만 돌아가야겠다고 했을 때 숙희가 내놓은 말은 영화를 당황스럽게 했다.

"근데 영화야, 괜찮아?"

숙희는 어디서 들었는지 기한의 얘기를 이미 알고 있었다. 영화는 힘들긴 해도 버텨야지 어쩌겠느냐며 숙희의 말을 잘라내려 했지만 숙희는 막무가내였다. 숙희는 굳이 자기가 아는 영화의 얘기들을 하나씩 언급하며 진짜가 맞느냐고 확인하려 들었다. 숙희의 입에서 재생되는 영화의 인생은 구질구질하고 남루하고 비극적이었다. 영화는 희미하게 미소 지었다.

"난 괜찮아. 진짜로."

숙희가 조금 웃었다.

"그렇게 멀쩡한 척 안 해도 돼. 나한테는 그럴 필요 없어."

"무슨 소리야?"

숙희의 얼굴에 떠 있는 웃음이 묘하다고 느끼며 영화가 물었다.

"너 나한테 맨날 그랬었잖아. 힘들다고. 죽고 싶을 만큼, 죽이고 싶을 만큼 지긋지긋하다고."

숙희가 소곤댔다. 영화의 머릿속이 멍해졌다. 그랬었나? 내가 숙희랑 그 정도로 친했었나? 아니다. 친했건 아니건 절대로, 누구에게도, 아무런 말을 내어준 적 없다. 영화는 갑자기 나타나서 자신의 인생에 대해 알고 있는 것처럼 말하는 숙희에 대해 화가 치밀었다. 그런 얘기를 어떻게 표현해야 할지 망설이고 있을 때 숙희가 속삭이며 마지막 말을 덧붙였다.

"애, 걱정하지 마. 나 아무한테도 말 안 했어."

그날 저녁 영화는 손녀딸과 놀이터로 나섰다. 아이는 또래 친구들과 그네를 타거나 뛰어다니며 재잘재잘 떠들어댔다. 영화는 구석에 앉아 휴대폰으로 그 옛날 기한과 함께 갔던, 마지막으로 기한과 대화를 나눴던 그 장소를 검색했다.

어떻게 문제가 해결되었는지, 놀랍게도 그 자리에는 새

로운 아파트 단지가 지어져 있었으며 이미 분양이 끝나 입주를 앞둔 상태였다. 뛰노는 아이들과 벤치에 앉아 책을 보는 노인들, 자전거를 타는 젊은이들의 이미지가 아파트 홍보 글에 띄워져 있었다.

다만, 호수는 보이지 않았다. 호수가 있던 자리엔 열람실이며 휴게실이 있는 작은 건물이 지어져 있었다. 영화는 몇번이고 자신이 제대로 검색한 것인지를 확인했지만 결과엔 변함이 없었다.

이게 어떻게 가능할까. 영화가 되뇌었다. 이런 일이 어떻게 가능하지. 그러다 갑자기 결론을 얻었다. 가능하지. 가능하니까 벌어지지. 벌어졌으니 가능한 거지. 가능하니까 내가 지금 이런 모습으로 여기에 앉아 있지. 착 가라앉은 기분으로 영화는 무거운 엉덩이를 들썩였다. 작은 거미 한마리가 실을 뽑아내며 벽과 벽 사이에 거미줄을 치고 있었다. 그 거미줄이 다 지어져가는 동안 놀이터의 아이들이 하나둘 빠져나갔고 어느새 다가온 손녀딸이 영화의 무릎에 앉으며 옛날이야기를 해달라고 졸랐다.

영화는 떠오르는 얘기가 없었지만 일단 입을 열었다.

"옛날 옛날에."

아이가 잠자코 영화의 이야기를 기다렸다.

"할머니는 할아버지와 함께 살게 되었단다. 그 집은 무척이나 예쁜 곳이었지."

영화가 입을 다물었다. 뒷이야기가 그려지지 않았다. 하지만 아이는 그래서? 그다음엔? 하며 재촉했고, 튀어나오는 대로 한마디씩 답해주다보니 영화의 이야기는 자기도 모르게 멀리멀리 뻗어가고 있었다.

기한과 주고받던 편지. 아이들을 낳았을 때의 환희. 처음으로 기한이 승진했을 때 먹었던 복숭아의 기억이 떠올랐다. 웃음과 작은 기쁨들, 햇살 속에 다짐했던 작은 결심들, 울고 난 뒤 터져나오던 웃음들을 재료 삼아 영화는 아름다운 이야기를 만들어냈다. 이야기 속에서 영화의 삶은 행복했고 안온했으며 집은 안전하고 따뜻한 보금자리였다. 그렇게 영화는 동화 속에서 딸을 낳고 아들을 낳고 그 딸은 결혼해서 지금의 손녀딸을 낳았다. 말을 마치고 나자 손녀딸은 영화를 꽉 안아주었다.

"근데 할머니 왜 울어?"

아이가 영화의 뺨 위에 흘러내린 눈물을 손가락으로 쿡 찍었다. 영화는 이유를 알지 못해 잠깐 침묵했다. 하지만 아이는 순수하게 궁금한 듯 자꾸만 왜 우느냐고 물었다. 마침내 영화는 답을 내놓았다.

"이 이야기의 끝이 너라서."

그리고 그렇게 말하는 순간 영화는 현재를 후회하거나

되짚을 수 없다는 사실을 깨달았다. 모든 일을 되돌려 일어나지 않게 하는 건 불가능했다. 그러므로 가능한 쪽을 택하고 편 들어야 했다. 가능하고 확실한 건 눈앞에 보이는 이 새롭고 무궁한 아이였다.

아까부터 차츰 흐려지던 하늘에서 비가 쏟아지기 시작했다. 영화는 아이의 손을 잡아끌었으나 아이는 자꾸만 멀리로 달려가려 했다. 영화는 아이를 번쩍 들어 올려 몸을 틀었다. 후두둑 투두둑 바람이 방향을 이리저리 바꾸며 비에 리듬을 붙였다.

영화는 천천히 집을 향해 걸음을 옮겼다. 응당 그래야 했다. 언제나처럼 지금도, 그리고 앞으로도 돌아가야 했다. 기한이 초대했던, 그녀가 기꺼이 응했던, 도망치고자 했으나 늘 회귀했던, 모든 것이 눌러 담긴 그녀의 작은 우주로.

아리아드네
정원

늙은 여자가 될 생각은 없었다. 하루하루 살아 오늘날에 도달했을 뿐이다. 가끔씩 민아는 자신의 이십대를 떠올려본다. 그때 봤던 소설들, 영화들, 드라마에 나왔던 생기발랄한 주인공들과 나이가 같았을 때. 그땐 누가 봐도 민아가, 민아의 세대가 세상의 주인공이었다. 오늘의 다음 날은 두근거리는 미지의 내일이었다. 노년은 하물며 떠올려볼 수조차 없었다. 기껏해야 민아가 그릴 수 있는 먼 미래는 적당한 소음이 들려오는 평화로운 해변을 닮아 있었다. 그 안에서 민아는 젊음의 생기는 사라졌으나 여전히 아름다운 얼굴로, 누군가와 주름진 손을 다정히 맞잡은 채 먼 수평선을 바라보고 있었다.

그러니까 지금과 같은 오늘은 자신과 전혀 상관없는 타인의 것이어야 했다.

자동 음성이 단조롭게 건강지표를 읊었다. 비타민 D가 부족하다는 일괄적 조언이 끝나기 무섭게 커튼이 열리고 그 사이로 날카로운 햇살이 방을 채운다. 한때는 영화에서나 보던 미래의 풍경이었으나 이제는 철 지난 구식 기술이다. 갑작스러운 빛의 분사에 바닥도, 벽도, 한달에 한 번 빠는 하얀 시트도 눈부시게 빛난다.

민아는 천천히 몸을 일으켰다. 움직일 때마다 느껴지는 이 무겁고 뻣뻣한 느낌이 언제부터 육신을 지배했는지 헤아려보려 애쓰지만 기억나지 않는다. 땅으로 들어오라고 손짓하는 중력의 힘을 거스르는 마디마디의 안간힘이 헛되다. 그렇게 오늘도 그녀는 벽 거울에 비친 얼굴을 마주한다. 한번도 예상 못 했던, 늙어버린 얼굴이 쌕쌕대며 숨을 뱉어낸다. 이토록 환한 햇살조차 거울에 비친 민아의 주름과 힘없이 얇은 피부를 표백시키진 못한다. 그 점에서는 인공 햇살이지만 현실에 맞닿은 선예도라고 볼 수도 있겠다.

벽 구석에서 모차르트의 선율이 낭랑하게 울렸다. 식사를 알리는 종이다. 음악 소리에 민아의 몸에서 작은 반응이 인다. 그 옛날 학교에서 쉬는 시간을 알리던 종소리도 이 음악이었던가. 혹은 택배 기사가 물건을 던져두는 소리에 이어 작은 아파트에 울려 퍼지던 초인종 소리가 이것

이었나. 빈 여행을 갔을 때 쇤브룬 궁전의 여름 음악회에
서 본 빈 필하모닉의 앙코르 무대도 이 곡이었던 것 같다.
그땐 모든 게 날아가듯 빨랐다. 걸음도, 호흡도, 친구의 부
름에 고개를 뒤로 확 젖히는 동작까지도. 지금의 몸동작
엔 녹이 슬었다. 그럼에도 살아 있음을 향한 본능을 이기
지는 못한다. 학교와 택배와 쇤브룬 궁전을 밀어내고 모
차르트의 선율은 이제 민아의 귀에 꽂히는 순간 입에 침
이 고이게 하고 허기가 밀려들게 한다. 끔찍한 본능이다.

　보풀이 잔뜩 인 슬리퍼가 바닥을 느리게 스친다. 민아
의 발걸음은 무겁지만 속도가 더 줄어들지는 않는다. 식
사 시간을 지키지 못하면 밥을 먹지 못한다. 그것이 민아
가 살고 있는 유닛 D의 원칙이다. 유닛 A, B, C와 마찬가
지로 유닛 D 또한 각 지역에 골고루 존재한다. 노인 인구
가 전체 인구의 절대다수를 차지하는 현대사회에서 유닛
의 존재는 필연적이다. 민아가 머무는 유닛 D의 정식 명
칭은 '아리아드네 정원'이다. 각각의 유닛엔 다채로운 이
름들이 있고 그 누구도 유닛을 대놓고 A, B, C, D로 부르
지 않는다. 하지만 그 예전 임대 아파트들의 이름이 그랬
듯, 아리아드네 정원은 명칭을 듣는 순간 D 등급으로 각
인되는 곳이다. 한때 민아는 결혼 시장에서 꼽는 최상위
회원 등급에 속했다. 그러나 지금은 최하위인 F 등급보다

겨우 한 등급 높은 유닛 D의 구성원일 뿐이다. 어느새 들어버린 나이처럼 삶의 지표와 등급도 숱한 날들을 거쳐 그렇게 되었다.

그렇지만 오늘 민아의 기분은 그렇게 나쁘지 않다. 그녀에겐 기다리는 일이 있다.

오로지 노인들로 구성된 식사의 풍경은 결코 조용하지 않다. 그들이 빚어내는 소리는 활기가 아니라 소음에 가깝다. 나이라는 놈은 행동에 깃든 조심성을 앗아간다. 엄청난 집중과 자각 없이는 조용히 민첩하게 움직이는 게 불가능해진다. 몸이 둔해지기도 하거니와, 스스로의 소리를 잘 듣지 못하기 때문이다. 시끄럽게 부딪히는 식기 소리, 부주의하게 쩝쩝대는 소리, 곳곳에서 몸 안에 삭인 가래침을 끌어내 뱉는 소리가 식욕을 떨어뜨릴 법도 하지만 노인들은 아랑곳하지 않고 밥을 먹는다. 유닛 A에서는 이런 일을 거의 경험하지 못했다. 유닛 B로 이주했을 때도 소수에게서만 이런 모습을 보았다. 그러나 이 풍경은 유닛 C에서 확대돼 유닛 D에서는 보편을 이룬다. 민아는 이제 소음 속에서 매일같이 일어나는 유치한 싸움, 편향된 이야기들, 자잘한 험담과 싸움의 끝에 종종 발생하는 폭력을 목격하는 것마저 익숙해졌다.

식당 테이블 위에 이미 음식이 담긴 식판이 배열되어 있다. 민아는 여자 노인 구획의 가장 안쪽 테이블을 향해 부지런히 몸을 움직였다. 그곳이 '진짜 햇빛'을 받을 수 있는 몇 안 되는 곳이기 때문이다. 하지만 엉덩이를 내려 놓기 직전 누군가가 맞은편에 털썩 앉아 햇빛을 절반쯤 채갔다.

"시끄러운 노인네들…… 아침부터 재수 없어 죽겠네."

꼬장꼬장한 목소리로 말하는 건 지윤이다. 지윤은 건너편 구획의 남자 노인들을 흘겨보며 얇고 주름진 입술을 오물거려 그들이 싸우게 된 사사로운 경위를 구구절절 설명하기 시작했다. 말끝마다 노인네 운운하는 걸 볼 때면 자기는 늙지 않았다고 생각하는 것인지 의아하기도 하다.

지윤은 민아와 같은 층, 바로 옆방에 머문다. 처음에는 유닛 D에 와서 누군가를 사귈 수 있어 좋았다. 둘은 나이도 같았고 닮은 점도 많아 보였다. 민아가 U2의 내한 공연에 갔었다고 말하자 지윤은 영국에서 오아시스의 공연을 본 적이 있다고 했다. 둘은 같은 지역권의 대학에 다녔고 공통의 문화와 가장 최근의 세기말을 경험했다. 그래서인지 지윤과 나누는 대화들은 민아에게 큰 위안이 됐다. 그러나 얼마 지나지 않아 민아는 지윤이 버거워지기 시작했다. 지윤에게 취향과 개인적인 역사를 털어놓은 것도 후회가 됐다. 공통점은 딱 거기까지였다. 그뒤로, 그러니까 삼십대 중반부터 지윤과 민아의 삶은 전혀 다른 궤적을 그리며 멀리멀리 벌어지다가 불현듯 이곳 유닛 D에서 기괴한 접점을 이룬다.

지윤과의 대화는 과거지향적이었고, 감추려는 기색도 없이 드러나는 그녀의 우월 의식은 상상을 초월했다. 남편과의 연애사, 풍족했던 결혼생활, 공들인 아이들의 사교육, 부동산과 주식을 통해 일군 자산에 대한 얘기들은 민아와는 전혀 다른 세상에 속하는 재미없는 동화 속 이야기 같았다.

민아는 결혼도 출산도 하지 않았다. 그래도 자부심을 갖고 성실하게 회사생활을 했다. 회사는 서울의 중심가에 있었으나 오피스텔에서 시작한 민아의 집은 점점 서울과 멀어졌고 퇴직이 가까워오던 어느 해 민아는 느지막이 수도권에서 한참 떨어진 위성도시에 작고 오래된 아파트를 마련해서 살기 시작했다. 늦기 전에 결혼을 했더라면, 큰 빚을 감당하고 악착같이 중심지의 집을 일찍 사두었다면 모든 게 달라졌을까. 민아는 반평생 자신이 가보지 않은 삶이 혹시 정답이 아니었을까 하는 의문과 회한에 시달렸었다. 지윤을 만나 다행한 점은 인생에 정답 같은 건 없다는 사실을 알게 됐다는 것이다. 지윤에겐 미안했지만 사실 그건 꽤 큰 안도감이었다. 모두가 부러워했을 법한, 권해지는 삶을 산 지윤도 결국 유닛 D에 있지 않은가.

부모님이 돌아가시고 나자 하나 있는 동생과도 자연스럽게 멀어져 민아는 가족이 없는 것과 다름없는 상태가 되었다. 퇴직 후 이런저런 소일거리로 생계를 유지하기도 했지만 민아의 작은 아파트에서 나오는 연금은 긴 노후를 보장하기에 충분치 않았다. 민아는 자발적으로 유닛에 들어왔다. 오랜 기간 계획하고 준비했던 바였으므로 시작은 당연히 유닛 A였다. 유닛 A에서의 생활은 쾌적했고 구성원들은 최상위의 부유층까지는 아니더라도 점잖고 문화적이었다. 정부 보조금이 나왔지만 사비도 적잖이 들었다. 민아는 아무리 못해도 유닛 B가 삶의 종착지일 거라 생각했다. 예상보다 긴 수명이 자신을 유닛 D까지 내려오게 할 줄은 전혀 예상치 못했다. 그 점에선 어쩌면 지윤이 민아보다 더한 절망감을 느낄지도 모른다. 그럼에도 지윤과 함께 있노라면 민아는 자주 참기 힘든 감정에 휩싸이곤 했다. 고작 자신에게 서글픈 우월감을 느끼는 지윤이 애처롭기도 하고 짜증스럽기도 했다.

자신의 말에 민아가 별 반응을 보이지 않는다는 것을 눈치챈 듯 지윤이 민아의 얼굴을 유심히 살폈다.

"무슨 좋은 일이라도 있어? 얼굴 표정이 다르네."

떠보듯 묻는 말에 민아는 아니라며 밥을 입으로 가져갔다. 물론 포기할 지윤이 아니었다.

"Tell me. What makes you so thrilled?"

지윤이 그르렁대며 영어로 속삭였다. 원어민의 발음까진 아니지만 어려서부터 영어를 배운 티가 나는 억양과 말투다. 결혼 후 남편과 미국에 삼년이나 살았던 지윤이니 이상할 것도 없다. 그러나 지윤이 영어로 말한다는 건 좋지 않은 징조다. 그뒤에 일어날 행동의 패턴이 예상되기 때문이다.

"Oh I see. They're coming."

'They'에 강조를 두며 지윤이 묘한 표정으로 말을 이어갔다.

"응. 오랜만이지." 아무렇지 않게 대답한 민아의 말에 지윤의 얼굴은 구겨져 주름으로 가득 찼다. 지윤은 불길한 징조를 예고하는 황야의 마녀처럼 이를 갈았다.

"내가 말했지, 걔네 절대로 들이지 말라고. 그애들 믿으면 안 된다고."

칼칼한 목소리로 으르렁대는 지윤의 탁한 눈에 형형할 정도로 물기가 차올랐다. 슬픔이나 서러움 따위를 대변하는 물기는 아닐 것이다. 그저 어떤 감정인가가 고양됐을 때, 그 격앙을 표현하는 눈빛일 뿐이다. 경계가 흐릿해진 눈동자가 번들거리며 작은 각도로 쉴 새 없이 움직였다. 휴게실에서 가끔씩 오페라가 흘러나오면 지윤은 먼 곳을 보며 작은 목소리로 그 곡들을 따라 부르곤 했다. 민아는 지윤이 살랑거리는 원피스를 입고 누볐을 예쁜 집을 떠올렸다. 거실에서 한강을 내려다보며 푸치니의 오페라를 이태리어로 불렀을 지윤을.

"밥 먹어. 많이 남았네."

말을 자르기 위해 던진 말이 지윤의 화를 돋운 모양이다. 다음 순간 감자조림이 날아왔다. 민아의 뺨에 간장이 길게 흘러내렸다. 식판이 엎어지고 밀려난 테이블에 부딪힌 명치끝이 얼얼했다. 어느새 일어난 지윤이 밥상을 내리치며 고래고래 소리를 지르고 있었다. 영어로 된 욕과 저주의 말이 실내를 울렸다. 경보가 작동됐고 AI 로봇이 다가와 지윤을 연행하다시피 끌고 갔다. 민아는 로봇에게 결박된 채 끌려가는 지윤의 모습을 외면했다. 그리고 묵묵히 꺼끌꺼끌한 밥을 씹었다.

방으로 돌아오는 길에 민아는 민원 담당 AI를 호출해 지윤의 일을 보고했다. 민원실이 없어도 언제든 음성으로 호출하면 홀로그램 AI가 나타난다. 구성원 실태 파악에

도움이 되는 민원을 넣으면 생활평가지수인 RU가 올라가기 때문에 소소하더라도 잊지 않아야 한다. RU는 단순히 생활평가지수일 뿐 아니라 현금처럼 사용이 가능하므로 RU를 모으는 건 아주 중요하다. 하지만 유닛 D의 구성원들은 그런 일에조차 부지런하지 않다. 그들에게 익숙한 건 무기력과 대상 없는 책망뿐이다.

접수와 사실관계 평가가 순식간에 이루어졌고 공중에 동동 뜬 가상의 AI는 민아의 생활평가지수가 0.03점 올라갔다고 보고했다.

"민아님은 참 성실하신 것 같아요. 이렇게 알뜰하게 RU를 축적하는 게 보통 어려운 일이 아닌데, 아주 꼼꼼하시잖아요."

민아는 낭랑한 AI의 목소리에 비아냥이 섞여 있다고 느꼈다. 유닛 B에서 기증받은 오래된 감정형 AI인데 가끔 엉뚱한 소리를 새어 낸다. '그래봤자 프로그램일 뿐'이라는 생각으로 위안 삼기엔 애매한 구석이 있었다. 하자로 인한 건지 의도적인 건지 모호한 게 썩 상쾌한 기분은 아니었다.

"민아님, 손님이 와 계십니다."

지나가던 사무원 AI가 말을 붙였다. 그 말을 듣는 순간 민아의 가슴속에 반가움이 퍼져나간다. 지금 민아에게 이런 기분을 선사할 수 있는 건 오로지 그 아이들뿐이다. 삽시간에 나른한 권태를 벗어던진 민아의 발걸음이 급해진다. 복도 끝에 위치한 방문이 살짝 열려 있고 그 사이로 빛이 새어나온다. 민아는 기쁜 마음으로 무거운 방문을 밀었다.

"오셨어요?"

빛의 풍경 안에서 유리와 아인이 자신을 바라본다. 빛을 등지고 앉은 유리와 날렵하게 서 있는 아인. 그애들이 아름다운 구도의 그림처럼 민아를 지켜보고 있다.

민아는 배급받은 로즈메리 티백을 낡은 찻잔에 넣고 뜨거운 물을 부었다. 아이들의 존재만으로 무채색이었던 방이 화사하게 바뀐 듯했다. 핑크색 바탕에 금색 줄이 그어진 도톰한 라운드 티를 입은 유리가 뜨거운 찻잔을 조심스럽게 받아 들었다. 허리까지 내려뜨린 유리의 구불구불한 머리는 빛이 닿으면 회갈색으로 변한다. 초승달을 닮은 아인의 눈은 밤의 바다를 연상시켰다. 민아는 언뜻 코로 스며든 자신의 체취가 신경 쓰였지만 다행히 아이들은 괘념치 않는 것 같았다.

"지난번 성당 얘기는 잠이 안 올 정도로 재밌었어요."

유리가 차를 홀짝이기도 전에 입을 열었다. 거두절미하고 본론으로 들어가는 젊음이 싱그럽다.

"거리에서 타로점을 보다가 만난 남자와는 다시 만나셨어요? '운명이라면 다시'라고 말했다던 그 남자 말이에요. 어찌나 설레던지 뒷얘기를 상상하느라 그날 밤 잠을 못 잤다니까요."

"재촉하지 마. 할머니 놀라시겠다." 아인이 유리에게 미소 띤 핀잔을 줬다. 그러곤 끝에 자기들의 언어로 무어라고 덧붙였는데 그 말을 듣자 유리의 눈동자가 미세하게 흔들렸고 무언가 망설이는 듯한 표정이 됐다. 혀에 뜨거운 감자를 넣고 굴리는 것 같은 발음과 타다다 짧게 끊어지는 된소리가 가득한 그들의 언어는 민아에게는 이해할 수 없는 음악에 가깝다. 아인의 말을 간단한 몇마디로 쳐낸 유리가 반짝이는 눈빛으로 민아를 바라보았다.

"그래도 듣고 싶어요. 할머니의 사랑 얘기는 너무 재미있거든요."

유리는 민아의 이야기를 좋아했다. 성실한 청자인 유리가 민아의 이야기에 귀 기울이고 있노라면 아인은 조용하고 세심하게 방을 정리했다. 아이들이 오면 작은 방 안은 전적으로 민아의 공간이 된다. 손님을 초대한 주인이 된 기분. 조금은 중요한 사람이 된 것 같은 느낌. 아이들은 민아에게 그런 기쁨을 선사했다.

민아의 레퍼토리 중에서 유리는 단연 사랑 얘기를 가장 좋아했다. 몇번이고 같은 얘기를 들려줘도 상관없다고 했다. 민아에게도 사랑 없는 인생은 무의미하다고 생각했던 시절이 있었다. 그래서 민아는 그녀가 거쳤던 여러번의 사랑을 이야기로 꾸며 들려주곤 했다. 그 끝은 언제나 아름다웠다. 배신이나 치졸함, 바닥을 치는 얼룩진 인간관계는 없었다. 민아의 사랑은 드라마틱했고 운명적으로 시작해 여운을 남기며 끝났다. 세월에 자연스레 용해되어, 지평선 아래로 잠기는 붉은 태양처럼 말이다. 사랑은, 모름지기 과거가 된 사랑은 아름다워야 했다. 적어도 이야기 속의 사랑은 그래야 했다. 그렇게 오늘도 민아는 이야기를 시작한다.

"그래서 난 사그라다 파밀리아 성당의 회색빛 계단을 올라갔지. 그날따라 사람이 없었단다. 믿어지니? 그렇게 사람이 미어터지는 관광지인데도 이상하게 그날따라 인적이 드물었어. 그 좁은 계단에 나 혼자였으니까. 돌고 돌아 올라가다보면 물레를 돌리는 마녀의 방이 나타나는 건 아닌가 생각되는 끝없는 계단이었지. 하지만 계단 끝에 다다르자 멋진 풍경이 펼쳐져 있었어. 그리고 거기, 그가 서 있었단다."

민아의 눈앞에 완공되기 한참 전의 사그라다 파밀리아

성당, 달팽이의 집처럼 둥글게 굽이치는 나선형 계단이 떠올랐다. 철없이 반짝이는 풍족한 시절이었다. 바람에 날리던 선한 얼굴. 이지적이면서도 부드러웠던 인상. 로맨틱하고 격정적이었던, 낮처럼 환했던 그와의 밤. 여러 대륙에 걸쳐 섞인 피를 가지고 있어 자신은 무국적자라고 했던 묘한 남자…… 지금도 그 숨결이 피부에 닿듯 생생해 민아는 긴 호흡을 내뱉었다.

꿈결 같은 눈빛의 유리 뒤로 유리창을 닦는 아인의 모습이 보였다. 불현듯 아인이 오랜 기억 속의 남자와 닮았다는 생각이 들자, 민아의 의식은 단번에 현실로 돌아왔다. 사실 그 남자의 이름조차 정확히 기억나지 않았다. 그러자 갑자기, 빛바랜 머리칼과 흐려진 눈동자로 사랑을 얘기하고 있는 자신이 탐욕스럽게 느껴졌다.

아인이 닦고 있는 유리창에서 뽀드득 소리가 났다. 이중으로 된 유리라 안이 비어 있다. 유리창이 흐린 이유는 그 사이에 낀 먼지 때문일 것이다. 민아는 아무리 닦아도 맑아지지 않는 유리창이 지금 자신의 처지와 비슷하다고 생각했다. 스스로의 얘기에 빠졌을 때는 몰랐는데 유리가 하품을 하고 있었다. 눈을 빛내며 집중한다고 생각했지만 어쩌면 내내 졸린 표정이었던 건지도 모른다. 아인의 얼굴에 언제나 걸려 있다고 느꼈던 옅은 미소도 보이지 않왔다. 민아는 서둘러 이야기를 마무리했다. 이 아이들이 자신에게 깊은 호의를 가지고 있다는 믿음은 민아만의 착각인 것일까.

유리와 아인은 유닛에 들러 청소와 말동무를 해주는 복지 파트너다. AI가 대체할 수 있는 일을 하는 사람을, 그것도 이십대 중반의 아이들을 만날 기회는 쉽게 주어지지 않는다. 복지 파트너와의 매칭은 신청을 통해 이루어지는데, 신청 절차만으로도 RU 차감이 어마어마하게 크고 성사 확률은 극히 낮다. 특히나 유닛 D에서 매칭이 성사되는 경우는 거의 없다. 그래서 구성원의 대부분은 가뜩이나 부족한 RU를 간식이나 생활용품 구매에 사용한다. 민아는 달랐다. 그녀는 높은 지수의 RU를 들여 신청을 했고 아주 오랜 기간을 기다린 끝에 이 아이들과 연결이 되었다. 기회를 얻기 위해선 과감히 투자해야 한다. 어지러운 인생의 곡선을 달린 끝에 지금은 유닛 D의 구성원일 뿐이지만 이제라도 그렇게 살아야 한다. 기회는 기회를 낳는다. 그리고 이 활기 없는 곳에서 민아는 어떻게든 기회를 찾아내야 했다.

이런 세상이 올 거라고 누가 감히 상상했을까. 불과 몇십년 만에 이민자의 숫자가 이만큼 급격히 불어나고 단일성의 문화가 완전히 붕괴될 거라고 누가 단언할 수 있었을까. 예상하지 못했던 미래는 아니다. 우려를 섞어 예측하면서도 설마 그럴 리가 있겠나 생각했을 뿐이다. 이민 정책에 실패한 여러 나라의 예를 들고, 타민족의 성향을 언급하며 모두가 강하게 부정하고 반대했다. 그런 의견의 표명이 현실을 막아줄 거라 생각하면서. 어쨌든, 대부분의 현재가 그렇듯 그 또한 오래된 과거일 뿐이다.

언제쯤이었던가. 민아의 눈썹 위에 흰머리가 위협적으로 돋아날 무렵부터였을 것이다. 저출산 문제는 더이상 자국민만으로는 해결할 수도 없고 방치해서도 안 되는 상태에 놓이게 됐고 방법은 하나뿐이었다. 국민의 강한 반대에도 불구하고 정부는 위협적인 낙폭의 출산율이 가져올 재앙을 막기 위해 이민자 수용 정책을 펼쳤다. 각국의 이민자가 물밀듯이 유입됐고, 채 적응하거나 구체적인 사회적 대비책을 마련하기도 전에 갑작스레 남북 간 개방이 이루어졌다. 전에 없던 혼돈이 작은 나라를 강타했다. 단일성이 지배했던 유구한 문화가 다양한 인종과 계층이 넘실거리는 곳으로 뒤바뀌었다. 이 나라가 늘 그랬듯 모든 변화는 빠르게 일어났다.

아직 젊었을 때, 이런 내용의 글을 신문 기사로 봤다면 어땠을까. 비웃거나, 설마설마하거나, 잠깐 걱정하고 일상으로 복귀했을 것이다. 그러나 미래는 언제나 상상을 뛰어넘고 눈 깜짝할 사이에 현재를 점령한다. 그 시점에서 돌아보는 과거는 아둔하고 순진해 보일 뿐이다.

유리와 아인은 모두 이 나라에서 태어났고 본국에는 한번도 가보지 못했다. 사실 이 아이들이 본국이라고 부를 만한 곳은 이미 지도상에서 사라진 것과 다름없다. 그러니까 분명 이들은 이 나라의 국민이다. 하지만 아이들의 집에는 본국의 문화가 여전히 남아 있고 가족의 언어가 굳건하게 전승되고 있다. 이 아이들은 그 경계를 넘나들며 살아왔다. 백오십년 전부터 유럽과 미국에서 숱하게 벌어진 일이다. 그러나 자국에서의 이런 변화는, 민아에겐 여전히 때때로 낯설다.

"대충 하고 그만둬. 너무 애쓰지 말고……"

말끔히 수건을 개는 아인에게 민아가 말을 던졌다. 아인은 미소를 짓고는 고집스럽게 하던 일을 계속했다. 유리만큼 살갑진 않지만 아인은 성실한 아이다.

"할머닌 우릴 예뻐해주셔서 좋아요. 옆방 할머니는 안 그렇거든요."

유리가 말했다.

"그래?"

부드럽게 되물었을 뿐인데 아인이 동작을 멈췄다. 섬세한 미간에 옅은 주름이 새겨졌다.

"네, 올 때마다 마주쳐요. 어디선가 나타나선 우리 같은 것들을 다 몰아내야 한다고 소릴 지르죠. 꺼지라고 욕을 하고 저주를 퍼붓고, 고발하겠다고 으름장을 놓으면서요. 우린 아무것도 잘못한 게 없는데 말이에요. 어떻게 하면 사람이 그렇게 늙을 수가 있는 거죠? 늙으면 다 그렇게 되는 건가요."

꽤나 흥분했는지, 말을 마친 뒤에도 아인은 자신의 표현이 결례가 될 수 있다는 걸 깨닫지 못한 것 같았다. 민아는 방 안에 어색한 기류가 감돌지 않기를 바라며 억지로 웃음을 지었다.

"늙으면 어떻게 되는지는 아무도 몰라. 변한다는 걸 빼곤 확실한 게 없으니까. 너희가 본 할머니도 마찬가지야. 이름은 지윤이지만 누구도 이름을 불러주지 않지. 지윤인 가진 게 참 많았어. 그런데 이제는 그것들이 하나도 남아 있지 않단다. 자기도 모르게 사라져버린 이름처럼 말이야."

말하다보니 지윤에게 동정심이 일었다. 그 동정심은 이내 비밀스러운 자긍심으로 바뀌었다. 그렇다면 많은 걸 잃은 지윤보다, 적게 잃은 자신이 나은 건지도 모른다. 그 래봤자 같은 유닛 D 구성원이라는 현실을 잊은 채 민아는 잠깐 그런 생각에 잠겼다. 그러는 동안 아이들은 또 자기들의 언어로 얘기하기 시작했다. 이번엔 꽤 긴 대화여서 한참 동안 민아는 말없이 기다려야 했다.

"그런데 할머닌 꿈이 뭐예요?"

갑자기 아인이 질문을 던졌다. 아인의 입에서 나왔다고 하기엔 너무 맥락 없는 질문이었다.

"아, 그러니까, 어떤 꿈을 꾸시느냐고요." 아인이 고쳐 말했다. "요즘 꿈을 많이 꾸신다고 했잖아요."

그렇긴 하다. 노년의 초입에 접어들 무렵에는 그렇게나 잠이 줄더니, 어느 시점부턴가 반등하듯 잠이 점점 많아진다. 자는 동안 민아의 머릿속은 온갖 이미지와 등장인물로 넘실댄다. 잠에서 깨어나는 순간이 그토록 몽롱한 이유는 꿈의 끝자락이 잠을 부여잡고 있어서인지 모른다. 그런데도 꿈의 내용은 거의 기억나지 않는다. 단편적인 이미지들만이 빛바랜 사진처럼 드문드문 떠오를 뿐이다. 잠이 많아진다는 건, 죽음과 가까워졌다는 뜻이 아닐까. 죽음. 완전한 끝. 사실 죽음이야말로 민아의 비밀스러운 꿈이다.

물론 젊어서도 죽음을 생각해본 적은 있다. 현실에서 도망치고 싶을 때, 깊이 절망했던 순간에 누구나 그렇듯 민아도 본능처럼 죽음을 떠올렸다. 지금은 그때와 다르다. 이제 민아에게 죽음은 도피가 아니라 진정한 소망이며 간절한 염원이다.

죽음만큼 계급을 드러내주는 것도 없다. 아주 먼 옛날부터 죽음은 계급을 나타내는 수단이었고 그 사실은 현대에도 마찬가지다. 하지만 죽음은 진화했다. 전에 없던 몇 가지 형태와 유형이 생겨난 것이다.

최상위 계층은 육체가 소멸된 뒤에도 데이터화된 뇌의 정보를 저장해둔다. 윤리적 문제가 해결되는 언젠가, 한 인격체의 데이터 전부를 타인의 몸에 USB처럼 삽입해 육체를 옮겨 다니며 영원히 살 수도 있을 것이다. 다행히 21세기 후반인 현재에도 그 영역은 여전히 미래의 일이다. 현대의 가장 보편적인 죽음은 MO, 한때 안락사라 불리던 죽음이다. 21세기 중반을 거치며 모두가 꿈꾸던 가장 존엄한 죽음의 형태가 보편의 영역 안에 들어온 것이다.

물론 MO에도 일정 이상의 금액, 혹은 가족의 동의가 요구된다. 명분상의 이유는 인권 때문이다. 하지만 예나 지금이나 인권이라는 개념에는 사각지대가 너무 크고 인권을 위해 인권이 유린되는 경우가 종종 일어난다. 1인 가구의 안락사 절차는 까다롭기 짝이 없다. 개인의 죽음이 치밀하게 기획된 살인이 아니라는 것을 증명해줄 사람이 없기 때문이다. 절차를 통과하지 못한, 그러니까 행정 비용과 증빙 가족이 없는 1인 가구는 MO라는 인도적인 죽음의 혜택을 누리지 못하고 전통적인 죽음을 맞이하는 수밖에 없다. 말이 좋아 전통적인 죽음이지, 유닛 F에 수용되어 육체의 소멸을 하루하루 목도하며 추악하게 꺼져가는 원시적인 죽음이다. 그런 죽음이 인류 역사의 대부분을 차지했다는 건 현대사회에서 전혀 위안거리가 될 수 없다.

사실 민아는 정부가 1인 가구의 MO에 강력한 규제를 두는 정책이 국가의 경제를 떠받치는 큰 축을 남겨두기 위해서라는 걸 안다. 죽지 않는 노인들이 버티고 있어야 유닛들이 돌아가고 체제가 보존된다. 죽음은 경제다. 이대로라면 민아는 머지않아 최하 계층의 보호시설인 유닛 F로 흘러들어갈지도 모른다. 의식 없는 중증 치매 노인, 병자, 타 유닛에서 문제를 일으킨 이들로만 구성된 유닛 F에서의 삶을 상상하고 싶지는 않다. 다른 선택지로는 거리를 떠도는 걸 선택할 수도 있다. 그렇지만 노숙생활은 과거와 비교할 수 없을 만큼 위험해졌다. 이미 생겨난 지 오래인 슬럼가에서 분노의 표출은 종종 험악한 방식으로 이루어지는데 대상은 거의 여자 노인이다. 그러므로 현 상황에서 민아가 유닛을 떠나는 건 불가능하다. 꾸역꾸역

하루하루를 버텨내며 민아의 삶은 다음 단계로의 하락을 기다리고 있다. 스스로가 세월 앞에 좀먹어 무너지는 것을 보면서도 목숨을 끊을 용기가 없다는 것이 애통할 뿐이다.

그러나 이 아이들에게 죽음이 꿈이라고 말해서는 안 된다. 그것만큼은 공을 들인 최후에 누설해야 할 말이다.

"할머니의 얘기를 들으면 꿈꾸는 기분이 들어요. 그래서 때로는 부러워요. 저흰 꿈 자체를 박탈당한 것 같거든요." 유리가 말했다.

"우린 섬을 표류하는 방랑자 같아요. 한때는 소박한 꿈을 꾸는 것뿐이라고 믿었어요. 평범하고 인간다운 사회 구성원으로 학교를 다니고 일을 해서 돈을 벌고 일상에 만족하는 삶을 살면서요. 하지만 가까워졌다고 생각한 순간 꿈은 저만치 달아나 있죠. 여전히 꿈인 채로, 잡힐 듯 눈앞에 아른거리는 상태로요." 아인이 말을 이었다.

"왜 그렇게 생각해. 젊음만 있다면 뭐든 할 수 있지." 민아가 말했다. 딴엔 진심을 담아 한 말이었지만 어쩐지 그 말은 아인을 자극한 듯했다.

"정말로 그렇게 생각하는 건 아니죠, 할머니?" 높아진 아인의 어조에 코웃음이 실렸다. 조금 전까지 차분했던 얼굴에 순간적으로 증오심이 스쳐 지나갔고 다음 순간 봇

물이 터지듯 이야기가 쏟아졌다. 이 나라로 오기 전 부풀었던 부모님의 가슴, 대를 넘어서도 주류에 편입되지 못한 채 겉돌던 성장기, 여전히 보이지 않는 계급의 변방에 서 있는 현재, 기계에 밀려난 채 살아갈 미래……

민아는 눈앞의 아이들을, 불안 앞에 젊음을 하루하루 바쳐내고 있는 두 아이를 바라봤다. 이 아이들이 어릴 때 당했을 수모, 차별 앞에서 눈감았어야 했을 기억, 모른 척 지나치는 것 말고는 스스로를 지킬 수 있는 방법이 없었을 때 느꼈을 절망. 민아는 그런 것이 무엇인지 너무도 잘 알고 있었다. 그렇지만 고개를 주억거려 귀 기울이는 척하면서도 그녀는 다른 생각을 하고 있었다. 그래도 젊음은 그 자체로 살아 있음이 아니던가. 내게 저 젊음만 있다면 뭐든 할 수 있을 텐데……

민아의 생각을 눈치채기라도 한 듯 유리가 민아를 물끄러미 응시했다.

"가장 답답한 건 젊다고 뭐든 할 수 있다고 생각하는 어른들이에요. 젊음은 불필요한 껍데기 같아요. 차라리 몸까지 늙었으면 좋겠어요. 남아 있는 희망도 없이 긴 시간을 견뎌야 한다는 건 절망보다 더한 고통이니까요."

언젠가 민아도 속 모르는 윗세대의 말에 부들부들 떨

고 분노했었다. 그들이 가졌기 때문에 자신이 가지지 못한 것들에 대해 성토했다. 그런데도 어쩔 수 없이, 젊음이 희미해질 무렵부터는 그런 종류의 불행이 배부른 투정처럼 느껴지기 시작했다. 그렇게 민아는 정확히 자신이 증오했던 어른의 모습이 되어갔다. 달리 말하면 늙어간다는 건 이해할 수 없던 걸 이해하게 되는 과정이기도 했다.

민아는 가만히 고개를 숙였다. 흔들리는 손이 보였다. 옹색하게 주름진 손은 의지와 상관없이 아무 때고 제멋대로 떨렸다. 민아는 다시 고개를 들었다. 유리가 부드럽게 민아의 손을 잡았다. 따뜻하고 촉촉했다. 그녀도, 앞에 있는 두 젊은이도 표류하는 이방인일 뿐이다. 갑자기 이해할 수 없는 슬픔이 몰려왔고 그런 마음은 꼭꼭 감춰왔던 비밀을 새어나오게 했다.

"풍경만은 아름다웠어."

민아가 중얼거렸다. 그후의 이야기는 사랑 얘기가 아니었다. 이 아이들에게 처음 들려주는 비정한 얘기들이 두서없이 쏟아져나왔다. 타국에서 받은 인종차별, 여성으로서 당한 수모, 일터에서 느낀 설움. 부당함으로 얼룩진 현실의 이야기들이었다. 그러나 그런 절망의 시간에도 부조리할 만큼 풍경만은 아름다웠다. 노란 암캐라며 욕지거리를 들었던 이국의 관광지도, 승진에서 미끄러진 뒤 몰래 빠져나와 울던 비상구 창밖 시린 도시의 전경도. 어쩌면 그 풍경들에서 민아는 희망을 발견했던 건지도 모른다. 삶에 대한 끈을 놓지 않게 했던 희망을. 하지만 유닛 D에서 그녀는 더이상 그 어떤 아름다움도 발견할 수가 없었다.

민아의 이야기가 막을 내렸다. 어느새 인공 해는 늦은 오후를 알리는 주황빛으로 바뀌어 있었다. 역광의 뿌연 공기 속에 민아를 향해 앉은 유리와 아인의 실루엣이 어두워져 있었다.

"할머니에게서 이런 얘긴 처음 들어요. 저희와는 몹시 다른 분이라고 생각했는데." 아인이 말했다.

"맞아요. 가족 같아요. 어떤 면에선." 유리가 조용히 덧붙였다.

그 말에 민아의 주름진 등줄기에 소름이 돋아났다. 가족. 결국 그 말을 듣고 싶어서였을 것이다. 그 많은 RU를 기꺼이 차감한 것도, 이 아이들이 올 때마다 가슴이 뛰었던 이유도 결국 그 단어로 수렴됐다.

진짜 가족까진 바라지 않는다. 가족 대행 보증이면 족하다. 그거면 민아는 MO 자격을 얻을 수 있다. 가족 대행 보증 계약이 성립되면 아이들에게도 혜택이 있다. 대출, 의료 서비스, 주거지 제공 등 현재와 비교할 수 없을 만큼의 혜택이 생긴다. 서로에게 편입함으로써, 달리 말하면 유사 가족이 됨으로써 얻게 되는 이익이다. 혹시 이 아이들도 그것을 원하고 있을까. 그렇다면 이 얘기를 어디서부터 꺼내야 좋을까.

희망에 부푼 민아의 귀에, 갑자기 부서질 듯 문 두들기는 소리가 들렸다. 이어서 지윤의 카랑카랑한 목소리가 복도를 울리고 귀를 때렸다.

너희 때문에, 너희가 모든 걸 가져가서, 내가 이렇게 됐어!
너희 때문에!

찢어질 듯한 괴성과 타격이 계속되는 동안 오래된 철제문이 미세하게 덜컹거렸다. 그러다 한순간에 모든 소리가 사라졌다. 적막 속에 방 안은 더 어두워 보였다. 유리와 아인의 표정도 마찬가지였다.

"너무 놀라지 마. 마음이 병들어서 그래." 민아가 변명하듯 말했다.

"아까도 소동을 부렸어. 하루에 두번이라니, 유닛 F로 강제 이전될 가능성이 더 높아진 셈이지."

"저런 미친 노인네한테는 유닛 F도 아까워요. 아니 사실은 유닛의 존재 자체가……"

중간에 끊겨버린 노래처럼 유리는 말을 중단했다.

"할머니는 저 할머니와 다른가요?" 고요하고 침착하게 아인이 물었다.

"응?" 낯선 말투와 예상치 못한 질문에 민아는 반문했다.

"아니에요. 물론 할머니는 다른 분이죠. 민아 할머니인 걸요." 유리가 위로하듯 말했지만 목소리가 불안정하게 떨렸다.

"응. 다르지. 다르고말고."

민아의 대답은 스스로 듣기에도 간절했다. 하지만 말을 마치기도 전 아이들은 또다시 저들의 언어로 수군거리기 시작했다. 이번엔 좀더 크고 시끄러운 대화였다. 둘의 낯선 언어가 홍수처럼 방을 메웠다. 어느새 대화에서 밀려난 민아는 그림자 속에 우두커니 앉아 있었다. 가만히 기다리고 있는 게 힘들다고 생각될 만큼 긴 시간 동안 해독 불가의 정보가 저들끼리 오갔다. 민아가 이해할 수 있는 거라곤 웃음소리와 자신을 비밀스럽게 곁눈질하는 시선뿐이었다. 어색함이 수치심으로 변했고 수치심이 악감정으로 빠르게 진화했다. 민아는 낮게 눈을 치켜뜨며 아이들을 훔쳐봤다. 귀 따가운 언어를 내뱉고 있는 건방진 입술들을 노려봤다. 민아는 처음부터 이 아이들의 언어가 싫었다. 그 발화의 방식과 어조가 견디기 힘들었다. 분명 자신의 방인데 쫓겨난 기분이 들게 하는 아이들의 언어가 증오스러웠다. 조금 전 지윤의 고함이 메아리처럼 귀를 울렸다. 그 소리는 귀 안에서 빙빙 돌다 한순간 군중의 함성으로 바뀌었다.

크게 벌어진 입에서 터져나오는 외침이 환영처럼 민아를 감쌌다. 민아는 너울거리는 깃발 아래 서 있었다. 마지막 사랑에 실패한 다음이었나, 아니면 직장을 잃고 존재감이 땅으로 떨어진 후였던가. 민아는 몰락하고 있었다. 인생에 배신당했으나 여전히 기력이 남아 있던 그때, 외로움과 불안감은 눈덩이처럼 커져갔다. 그 마음은 적의가 되었다. 타인들에게 나라를 잡아먹힐 수 없다고, 재산을 빼앗길 수 없다고 민아는 눈이 붉어지도록 소리 높여 외쳤다. 광장을 꽉 메운 수많은 입이 동시에 같은 구호를 외쳤다. 지윤이 방금 외친 말과 다르지 않았다. 어쩌면 그때 옆에 서 있던 누군가가, 물병을 건네며 동지 의식을 나누던 이가 지윤이었을까.

"할머니."

유리가 민아를 불렀다. 진지하고 깊은 눈빛이었다.

"알려드릴 소식이 있어요. 많이 고민했는데 할머니는 좋은 분이니까 말씀드릴게요."

민아는 속내를 들키기라도 한 듯 황급히 눈길을 들었다. 그 어느 때보다 선량하고 다정하게 유리가 자신을 바라보고 있었다.

"이렇게 할머니를 만나는 건 마지막일 것 같아요. 얼마 전 통보를 받았어요. 이제 더이상 일하러 오지 않아도 된다고요. 그렇게 됨으로써 저흰 일자리를 잃었죠. 사실상 우리가 일하러 갈 수 있는 데는 몇군데 되지 않았거든요. 유닛의 노인들은 순수 자국민을 선호하니까요. 그래서 할머니와 매칭이 됐을 때 저희도 참 기뻤어요. 그런데, 이젠 우리의 일이 사라져버리네요, 이렇게 하루아침에 말이에요."

"그래서 아까부터 그 얘길 어떻게 전해드려야 하나 얘기 나눴던 거예요." 아인이 말했다.

"명목상은 그렇지만 저흰 알아요. 이게 보이지 않는 벽이란 걸요. 하지만 걱정 마세요, 이번만큼은 이대로 가만 있진 않을 거예요. 오늘 밤 우린 광장에 모여 유닛의 폐지를 주장할 거예요."

그렇게 말하는 유리의 얼굴이 너무 낯설어 민아는 되묻는 수밖에 없었다.

"그게 무슨 말이지?"

"할머니에게 이런 말씀을 드리게 돼서 죄송해요. 그렇지만 이 시대의 노인들이야말로 가장 많은 걸 누린 사람들이란 건 분명해요. 굴레도 속박도 없이 맘껏 즐기며 살았잖아요. 짊어져야 할 책임이라는 걸 모른 채로요. 그러곤 우리에게 모든 걸 떠넘기고 있죠. 절대다수이고 순수 자국민이라는 몹쓸 긍지로 사람을 차별하고, 욕하고, 고마운 줄도 모르고, 젊은 세대가 자신들을 떠받쳐야 한다고 생각하면서요. 모든 건 그들이 아이를 낳지 않아 생긴 일이에요. 우리의 부모님, 할아버지, 할머니는 이 나라의 문제를 해결하기 위해, 아니 도와주기 위해서 합법적으로 초대를 받았다고 생각했어요. 하지만 몇십년이 지나도록 무언가가 달라지긴커녕 안 좋은 쪽으로만 바뀌어가고 있어요." 유리가 격앙된 숨을 토했다.

"유닛의 존재는 너무나 많은 세금을 필요로 해요. 보세요. 후대를 위해 쓰여야 될 세금이 언제 죽을지 모르는 사람들을 위해서 버려지고 있잖아요. 오해하지 마세요, 이렇게 생각하는 건 이민자가 아닌 청년들도 마찬가지니까요. 아니, 오히려 순수 자국민인 그들이 더 노골적이죠."

아인이 우습다는 듯 말했다.

"어쩌면 처음으로 우린 젊음이라는 이름 아래 단결할지도 모르겠어요. 유닛을 폐지하자는 주장은 전부터 있어왔지만 저희는 오랫동안 중립을 지켰어요. 애정 어린 일터였기 때문이죠. 이젠 달라요. 화가 난 친구들이 유닛을 습격하고 부술 거예요. 가장 보안이 허술한 유닛부터 타깃이 되겠죠. 할머니가 계신 이곳도 위험해질지 몰라요. 민아 할머니만큼은 알고 계셔야 할 것 같아서 말씀드렸어요."

아이들의 입에서 나오는 이야기는 필요 이상으로 생생했다.

점차 커져가는 유닛의 규모와 개수에 대한 우려는 오랜 사회문제였다. 그러나 민아는 그런 뉴스가 어렴풋이 들려와도 못 들은 척 외면했다. 이름만 정원인 첨탑에서, 실마리도 없는 지옥 같은 미로에서 제일 빠져나가고 싶은 사람은 민아 자신이었기 때문이다. 그러나 유리와 아인이 받아들이는 유닛은 노쇠한 이들이 점령한 거만한 왕궁일 뿐이었다. 그 안엔 민아와 지윤처럼 밀려난 이들도 존재하지만 누군가가 보기엔, 왕궁이라는 이유만으로, 거대하다는 이유만으로 무너뜨리자고 하기에 충분한 것이다.

민아는 입술을 씰룩였지만 어떤 말도 나오지 않았다. 하고 싶은 말은 많았지만 어디서부터 어떻게 이야기해야 좋을지 알 수 없었다. 젊었을 때 짊어졌던 고민들, 절망이 낳은 수많은 포기와 그때의 사회가, 그때 윗세대가 남겼던 자국과 굴레에 대해 얘기하며 해명하고 싶었다. 하지만 그걸 전달하는 건 무의미해 보였다. 과거의 자신이 앞선 세대의 얘기에 전혀 동의하지 못했던 것처럼 이 아이들도 마찬가지라는 걸 민아는 알고 있었다.

"할머니만은 우리에게 정말 가족 같았어요. 앞으로 뵙지 못해도 기억 속에는 언제까지나 좋은 분으로 남아 있을 거예요."

유리가 덧붙였다. 진심으로 미안하고 고맙다는 눈빛으로.

"그리고 우리에게는 아직 조금의 시간이 남아 있어요. 그러니까 이제 마지막 얘기를 들려주세요. 멋진 사랑 얘기를, 현실을 잊을 만큼 아름다운 얘기들을요."

민아는 천천히 입술을 뗐다. 희망은 희미해지고 계획은 붕괴됐다. 그럼에도 민아는 이야기할 수 있었다. 기억나지 않는 간밤의 꿈이 직조되기 시작한다. 언젠가 본 것 같은 아름다운 노을, 어디선가 들은 신비로운 이야기 조각들이 민아의 입을 통해 퀼트처럼 엮인다. 빛에 물든 과거가, 찬란하고 영원한 행복의 이야기가 느릿느릿 쏟아져 나왔다. 그런 얘기라면 언제까지라도 들려줄 수 있었다.

타인의
집

가늘게 뜬 눈 틈으로 빛을 바라본다. 벽면을 아름답게 수놓은 작은 세모 조각들이 바다에 비친 햇살처럼 현란하게 반짝인다. 블라인드 틈새로 들어온 햇살이 벽에 만들어낸 문양이다. 블라인드 자체는 빛바랜 푸른색으로, 낡고 허름해서 외면하기 십상이지만 한낮의 태양이 빚어내는 빛의 물결만은 언제고 나를 설레게 한다. 홀로 있는 낮 시간, 임동혁의 「라 발스」가 격정적으로 공간을 메운다. 삼년 전 산 구형 스마트폰의 보잘것없는 스피커로도 그의 악마적인 재능과 굳이 겸손할 이유가 없다는 것을 스스로도 안다는 듯한 예술가적인 젊은 영혼을 숨기는 건 전적으로 불가능하다. 나는 새삼 감탄하며 커피를 들고 거실로 나간다. 환하디환한 햇살이 창밖으로 보이는 음울한 뒷산과 대조를 이뤄 광휘로 가득한 쓸쓸함을 빚어낸다. 풍경과 빛과 음악, 그리고 고독한 내 존재는 완벽을 이룬다. 절망과 비관의 늪에 빠져 허우적대던 때도 있었지만 어쩌면 삶이란 꽤 괜찮은 건지도……

머릿속의 생각을 맺기도 전, 두 귀가 쫑긋 선다. 반갑지 않은 소리가 한순간 모든 걸 망쳐놓는다. 아무리 큰 소음 속에서도, 건반을 강타하는 임동혁의 역동적인 선율 속에서도 영혼을 쪼개는 도어록의 날 선 금속성 소리는 기어이 틈을 비집고 들어와 존재감을 과시한다. 나는 총성을 들은 한밤의 야생동물처럼 한달음에 달려 들어와 도어록이 해제되기 전 방문을 닫는 데 가까스로 성공한다. 사이칠, 팔오일, 이팔공일. 삼삼칠 박수처럼 간격을 띄는 걸 보면 이건 희진이다. 여덟번째 숫자가 들릴 때 나는 이미 방문에 등을 기대고 할딱대고 있다. 순식간에 내 공간은 집의 사분의 일만큼 줄어들었다. 오늘의 평화는 조금 더 길 줄 알았는데 완벽한 오산이었다. 희진이가 화장실에 들어가 손을 씻으며 간간이 트림을 내뱉는 소리에 무방비 상태로 노출된 채 나는 가빠진 숨을 깊은 들숨으로 진정시켜본다.

화장실 밖으로 나온 희진이가 쿵쾅거리며 냉장고로 향한다. 사실 나는 희진이를 한번도 호칭으로 불러본 적이 없다. 어린 시절 우리 집에 얹혀살던 백수 삼촌을 떠올리게 하는 희진이는 따지고 보면 이 집에서 내가 가장 말을 덜 섞는 사람이다. 그럼에도 내 마음속에서 그가 항상 '희진이'라는 호칭으로 불리는 이유는 웹툰 작가인 그의 필명이 본명을 딴 '희진이'이기 때문일 것이다. 불행히도 그는 그림보다는 소리로 자기 존재를 증명하는 데 더 소질이 있는 듯, 상상력 빈곤 수준인 나 같은 사람조차 그가 내는 소리를 들으면 모든 행동이 눈앞에 그려지듯 선명해진다. 그 장면들은 상쾌함과 정반대 지점에 있으며 일일이 언급할 필요도 없이 '가장 불쾌한 소리' 하면 떠오르는 모든 것을 망라한다. 꽉 닫힌 문틈을 비집고 들어오는 소리는 가차 없다. 지금도 나는 그가 냉장고 속의 바나나를 꺼내 먹는 모습을 보지 않고도 본다. 바나나와 입안의 침이 빚어내는 진득한 점액질의 소리는 입을 클로즈업해 음량을 최대로 올린 것처럼 쓸데없이 실감난다. 이럴 때면 이 집이 오래된 집이라는 게 여실히 드러난다. 겉은 번드르르해도 우리의 구획은 얇은 마분지로 나뉘어 있는 것과 그리 다르지 않을지도.

그렇게 오후의 호사는 희진이의 등장으로 막을 내리고 이제 나는 꼭 필요한 경우가 아니라면 이 방 안에 콕 틀어박혀 있을 예정이다. 살짝 답답하긴 해도 내 방에 있을 건 다 있다. 책상, 미니 책장, 간이 옷장, 해가 드는 커다란 창과 빛을 허용하면서도 과한 햇살을 막아주는 블라인드,

무려 퀸 사이즈의 푹신한 침대와 그 곁의 협탁, 내가 가장 애정하는 '내돈내산' 미니 냉장고, 그리고 무엇보다도 대망의 화장실까지. 물론 나는 행동과 소리에 조심한다. 이어폰을 빼고 음악을 듣는 건 집이 비었을 때뿐이고 화장실을 쓸 때도 물을 트는 건 필수다. 공동생활에서 종종 발생하는 난감한 일을 줄이는 가장 경제적인 방법은 소리를 줄이고 존재를 최대한 감추는 거다. 그건 배려라기보단 이 집에 사는 이들과 같은 부류가 되고 싶지 않아서이기도 하다.

저녁이 되자 또다른 인물이 등장한다. 문을 여닫는 느린 속도와 조심스럽지만 신경질적인 발걸음으로 냉장고로 직행하는 건 다름 아닌 재화언니다. 시민단체에서 일한다는 그녀와 몇마디 말을 나눈 적은 있지만 이 언니와도 친하다고 하긴 어렵다. 냉장고를 확인한 재화언니의 툴툴대는 소리가 이어질 때쯤 나는 지겨운 긴장감을 느끼기 시작한다. 그리고 기어이 언니가 어휴, 하고 숨을 뱉고 발걸음에 가속도가 콩콩콩 실리면 올 것이 왔구나 싶은 심정으로 작은 전쟁의 시초를 예감하는 것이다. 오늘만큼은 언니가 희진이의 방문을 두드리기 직전 에어팟을 두 귀에 꽂고 유튜브를 트는 데 성공한다. 예고편으로 됐으니 본편은 생략하기로 한다.

본편에서 벌어지는 일은 보지 않아도 뻔하기 짝이 없다. 둘의 언쟁은 주로 희진이가 단초를 제공하고 재화언니가 반격하는 식으로 전개된다. 장소는 희진이의 방 앞, 내용은 대부분 냉장고 음식의 배분이나 화장실 청결 등에 관한 것들이다. 다다다 쏘아붙인 재화언니가 희진이의 방을 마주 본 자신의 방으로 들어가 문을 쾅 닫는 것으로 전쟁은 끝난다. 오늘은 아까 희진이가 먹은 재화언니의 바나나가 이유였을 것이다.

둘을 보면 뭘 저런 걸로 싸우나 싶다가도 대학 졸업 후 지냈던 고시텔에서의 생활을 떠올리면 이해 불가한 일도 아니다. 나도 문간방에 살았다면 똑같은 싸움을 벌이고 있었을 거다. 새삼 내 방 안의 미니 냉장고가 든든하고 기특해진다. 부대껴 산다는 점에서는 고시텔과 다를 바 없어 보여도 이 방 안에서라면 얘기가 달라진다. 위치상 안방인 내 방은 '마주 보는 문간방 형국'인 희진이와 재화언니의 방과는 격 자체가 다르단 말씀이다. 그러니 지금 내 마음의 여유는 곳간에서 인심 나는 격이다. 자리가 사람을 만든다는 말이 더 맞으려나.

두 사람 다 방으로 들어간 걸 확인한 뒤 나는 고양이 걸음으로 살그머니 나온다. 거실 냉장고에 있는 미니 무화과파이를 가져오는 것을 깜박했기 때문이다. 재화언니처럼 떡하니 보이는 곳에 음식을 놔두고선 건드리는 사람 탓을 하는 건 안일하다. 조용히 득을 취하는 게 진정 현명한 판단이거늘. 고추장 통 뒤에 숨겨놓은 내 무화과파이는 검은 비닐로 싸여 있어 엄마가 보내준 오래된 강된장쯤으로 인식된다. 파이를 소중히 들고서 새삼 거실의 기괴한 풍경을 한번 바라본다. 냉장고 옆으로는 테이블이 하나 있고 소파가 있을 자리엔 작은 망이 쳐져 있다. 그곳이 쾌조씨, 내가 집세를 지불하는 사람의 공간이다.

쾌조씨의 본명은 재욱이지만 나는 마음속으로 그를 처음 알게 된 아이디인 쾌조씨라고 칭한다. 그리고 그는 뭐랄까, 한마디로 설명하기엔 무척 복잡한 인물이다.

파이를 들고 돌아선 순간 테이블 밑에서 툭 튀어나온 팔 한쪽이 눈에 들어왔다. 팔이 꿈틀거리더니 테이블 밑에서 나온 쾌조씨가 한잠 푹 잤다는 듯 기지개를 켜며 게슴츠레한 눈으로 나를 바라봤다. 종일 집을 비운 줄 알았는데 내내 여기 있었다는 건가. 그렇다면 나는 나도 모르는 사이 임동혁의 「라 발스」와 그 음률을 따라 하는 내 허밍을, 문 닫지 않고 내린 변기물의 소리를 이 사람과 공유했다는 말인가. 온몸이 돌처럼 굳어 움직일 수조차 없던 그 순간, 시의적절하게 터진 쿠쿠 밥솥의 증기 내뿜는 소리가 나 대신 맘껏 비명을 질러주었다.

쾌조씨를 처음 본 자리는 기괴했다. 아니, 어쩌면 그 당시 내게 일어난 일들이 하나같이 기괴했을지도 모르겠다. 그러나 팩트만 요약하면 애꿎은 한줄이라, 애인과는 파투나고 회사에선 잘리고 살던 집에선 월세 인상에 못 이겨 쫓겨났다는 정도. 그때 겪은 감정의 나락을 복기하느니 차라리 그렇게 요약하는 게 내 정신건강에도 좋다.

어쨌든 곡절과 방황의 소용돌이 끝에 내가 서 있던 장소는 집 구하기 앱에 올라온 글이 안내해준 신촌의 한 스타벅스였다. 글이 풍기는 냄새는 적잖이 수상쩍었지만 집의 상태가 너무도 탐나 이끌리듯 나가지 않을 수 없었다. 미팅 비용은 오천원. 집 정보를 받는다는 이유로 내 쪽에서 지불해야 하는 돈이었다. 내 앞엔 대기자가 네명이나 됐는데 글을 올린 이는 나와 등지고 앉아 있어 얼굴이 보이지 않았다. 돌아서는 면접자들의 얼굴은 모두 마스크로 가려져 있었으며 그들도 그 점을 다행스럽게 여기는 것 같았다.

면접 자체는 평범했다. 신상에 대한 간단한 구술과 통장의 잔액을 보여주는 게 전부였다. 쾌조씨는 내 입에서 나온 이야기를 스마트폰에 간단하게 메모했고 확인사항이었던 통장 잔액도 액정 너머 슬쩍 확인했을 뿐이었으므로 개인정보에 대해 걱정할 필요가 없다는 것만은 안심이 됐다. 이 말도 안 되는 만남에 사람이 몰린 이유는 쾌조라는 아이디로 올라온 글이 아파트에서 함께 살 사람을 구하는 일종의 세입자 면접이었기 때문이다. 사진 속의 집은 높은 언덕 위에 세워진 삼십년 된 아파트였지만 내부는 몹시 깨끗했고 도심 한중간에 위치했다. 그리고 무엇보다 가격이 합리적인 걸 넘어 터무니없이 싼 쪽에 가까웠다. 설명에는 수익을 위함이 아니라 젊은이들의 품격 있는 공동체생활을 꿈꾸기 때문이라는 말과, 원래 살던 사람 중 한명이 나가게 돼 인원을 충원한다는 말이 덧붙여져 있었다. 높은 경쟁률에는 그만한 이유가 있었다.

— 방을 직접 볼 수는 없나요.

— 1차 면접에 통과하면 보여드리겠습니다.

용기 내 물은 질문에 대한 쾌조씨의 답은 차갑지만 쾌활했다. 먼저 신상을 확인하고 집을 보여주겠다는 게 이 면접의 공식적인 이유였지만 그에게선 아쉬울 것 없다는 자신감이 드러났다. 내 또래로 보이는 그는 왜소한 몸에 갈색 체크무늬 바지와 회색 조끼를 입고 있었으며 신경질적으로 얇은 손가락은 시력 나쁜 마녀를 속이려 헨젤이 쇠창살 너머 내민 꼬챙이를 연상시켰다.

며칠 뒤 전화를 받고 다시 그를 만난 곳은 아파트 현관 앞에서였다. 별 기대를 하고 있지 않던 터라 막상 연락을 받았을 때 의외이기도 했거니와 정식 경로를 통하지 않은 집 구하기가 되레 껄끄러워 나가기를 망설였던 자리였다. 그러나 지하철을 나서서 목적지로 향하는 길에 이미 내 생각은 바뀌고 있었다. 구불구불한 언덕을 끝도 없이 올라가야 한다는 걸 빼면 아파트는 역에서도 가까운데다 대단지라 관리도 잘되고 있었고 스타벅스와 멀티플렉스마저 도보로 이용 가능한 역세권, 스세권, 슬세권에 속했다. 단지에 들어서는 순간 두근거리기 시작한 내 마음은 엘리베이터를 타고 17층에 당도한 순간, 결혼을 앞둔 신부처럼 벅차올랐다. 나를 기다리고 있던 쾌조씨가 오성급 호텔의 프런트 도어를 열어주는 숙련된 벨보이처럼 문을 활짝 젖히며 몸을 비켰다.

좁은 복도를 통과해 들어간 안방은 창가에 붙은 거대한 침대를 제외하곤 텅 비어 있었다. 창을 통해 쏟아지는 햇살이 화장실 앞까지 뻗쳐 들어왔고 그 덕분에 화장실은 물기 하나 없이 빛났다. 방이 비어 있으면 다른 동거인들이 화장실을 쓸 법도 한데 흔적이 전혀 느껴지지 않는데다 변기 물마저 얕게 말라 있었다.

— 이 화장실은 아무도 안 쓰나봐요?

―그건 지금 살고 계신 분들의 계약사항엔 포함이 안 돼 있어서요. 아시죠, 자본주의.

　쾌조씨가 웃었다. 미소와 대비되는 "아시죠, 자본주의"의 말투가 서늘했지만 환한 햇살이 그 느낌을 무마했다. 본인에게조차 그 엄격한 룰을 적용한다는 게 의외긴 했다. 하지만 창밖의 풍경을 보자 내 마음은 봄눈 녹듯 말랑하고 촉촉해졌다. 아름다운 벚꽃 잎이 나풀나풀 흩어지고 있었다. 마음속에서 누군가가 외쳤다. 꽃길을 걸으려면 꽃길 안에 있어야 한다! 그 목소리의 잔음이 사라지기 전 나는 그 자리에서 계약하겠다고 선언했다. 당장 가계약금 50만원을 카뱅으로 입금하려는데 쾌조씨가 턱을 쓰다듬으며 마침 떠올랐다는 듯 입을 열었다.

　―아 참, 말씀드릴 게 있는데요, 이 방에서 직전에 사시던 세입자 말이죠. 이사 갔다고 말씀드렸었는데 실은, 자살했습니다.

　네? 하고 되묻지도 못한 채 나는 송금 버튼을 누르려던 손을 멈췄다. 그러나 내 당황한 눈빛을 눈치챈 듯했음에도 쾌조씨의 태도는 오히려 거만한 쪽에 가까웠다.

　―사실 말씀 안 드려도 상관없는 일이긴 해요. 이 방 '에서' 벌어진 일은 아니거든요. 이 방에 '사시던' 분이 고향집에 내려가서 그렇게 되신 거죠. 단지 안에 구급차

한대 안 들어왔어요. 그래도 혹시 나중에라도 아시게 되면 찝찝하실까봐 말씀드립니다.

　—아, 네……

　—고민이 필요하시면 시간을 좀 드릴까요?

　나는 그러겠다고 고개를 끄덕였다. 하지만 쾌조씨는 5분 만에 돌아와 결정을 했느냐고 물었고 내 머릿속 회로들은 엉키고 있었다.

　—혹시 저 말고도 연락 주신 분들이 계신가요.

　—아뇨. 그런데 다들 기다리고 계시죠. 하지만 시연씨가 가장 무난하고 상식적일 것 같아서 첫번째로 전화 드린 겁니다.

　나는 평소라면 기분 나빴을지 모를 품평을 칭찬으로 받아들여야 하는 상황에서 어떤 표정을 지어야 할지 고민했다.

　—편하게 생각하세요. 맘에 안 드시면 다음 분한테 연락드리면 되니까요.

　시간이 없다는 생각에 초조해졌다. 궁지에 몰린 걸 티내지도 못한 채 나는 방을 둘러봤다. 부동산은 심리라더니 갑자기 이 정도 가격에 이 위치, 이런 급의 방을 구할 수 있을 리가 만무하다는 생각이 간절해졌다. 서울 시내 한복판에 위치한 어엿한 아파트, 게다가 나만이 쓸 수 있는 화장실까지 딸리지 않았는가. 베란다 창문 밖으로 덜덜거리며 돌아가는 세탁기의 소음마저 생동감 넘쳤다. 창문으로 넘나들면 누구도 마주치지 않고 세탁까지 완료할 수 있는 완벽한 프라이빗 공간, 게다가 시세에 비하면 핫딜이나 다름없는 월세, 이 방은 그런 곳이었다. 다른 무난하고 상식적인 경쟁자들을 어서 빨리 물리쳐야 했다.

— 할게요!

나는 도박꾼의 심정으로 외치며 송금 버튼을 눌렀다. 쾌조씨가 내게 동거인들의 신상과 특징, 공동생활에서의 주의사항을 설명하는 동안에도 내가 저지른 모험에 가슴이 계속 두근댔다. 집에서 나가기 직전 그에게 물었다.

— 근데 어느 방에서 지내세요?

쾌조씨는 말을 약간 끌며 대답했다.

— 저는, 거실이랑 베란다요. 베란다 가운데가 중문으로 막혀 있어서 프라이버시는 염려 안 하셔도 됩니다.

나는 방에 정신을 빼앗겨 제대로 보지 못한 거실과 베란다를 떠올렸다. 거기가 누군가의 단독 주거공간으로 쓰일 만큼 넓었던가. 내 생각을 몰아내듯 쾌조씨는 비밀스럽게 마지막 주의사항을 말했다.

— 동거인들한테 집세 얘기는 하지 마세요. 방은 제일 넓은데 값은 제일 싸거든요. 아무리 미신이네 뭐네 하더

라도 이건 자본의 생리에도 인간의 심리에도 맞지 않는 처사니까요.

어쭙잖은 단어를 곁들여가며 진지하게 설명하는 쾌조 씨의 말끝에서 아까 들은 "아시죠, 자본주의"가 메아리처럼 들리는 듯했다. 나는 예의 바르게 고개를 끄덕였다. 어쨌거나 그는 내가 집세를 지불해야 할 사람이었다.

나는 대체로 이 집에서의 생활에 만족했다. 친구 집에 얹혀 눈치 보며 살던 때나 고시텔에서의 생활과는 비할 바가 아니었다. 질적으로는 물론이고 심리적으로도 그랬다.

좁은 공간은 인간을 좀먹는다. 사방의 벽들이 가운데를 향해 달려드는 듯한 방 안에서 느껴지는 옥죄는 고립감은 중력보다 무겁게 나를 바닥으로 끌어당기곤 했다. 대화의 기능을 상실한 입은 무언가를 먹으려 할 때만 제구실을 했고 그건 나 스스로에게 양심의 가책을 느끼게 했다. 내 안에서 올라오는 허기의 냄새가 내 인생의 냄새 같았다.

이곳은 달랐다. 여긴 숙소가 아니라 엄연한 '집'이었다. 고시텔 벽 너머의 소음은 신경을 곤두서게 하는 민폐지만 한 집 안에서 나는 소음은 생활의 소리다. 부딪히기 싫어 후다닥 문을 닫는 해도 나는 고립감을 막아줄 최소한의 온기와 소리, 탐탁지 않을지언정 '공동체'라고 부를 수 있는 집단에 소속돼 있었다. 도심지, 넓은 방, 쉽게 이용할 수 있는 쾌적한 편의시설들은 되새길수록 뿌듯했다.

음산했던 날들은 안녕.

집. 나는 비로소 집에 살고 있었다.

따지고 보면 남자친구와 파혼한 이유도 집 때문이었다. 그가 지방으로 발령 나면서 롱디 커플이 된 우리는 이년간 누구보다 애틋한 연애를 지속했다. 갈등은 장거리가 아니라 우리가 함께할 곳이 없어서 생겼다. 하늘 아래 어느 집도 우리의 예산으로는 들어갈 수가 없었고 번거에 휩싸여 입술을 쥐어뜯는 동안 매주 치솟는 집값에 우린 꿈꿨던 곳에서 한 구역씩 밀려나고 있었다. 더이상 밀려나는 게 무의미하다고 판단한 남자친구는 자신의 부모님과 함께 살면 모든 게 해결된다고 말했다. 잠깐이야, 처음 몇년만.

나는 그 말을 믿지 않았다. 그런 건 시작이 될 수 없었다. 편입과 적응 그리고 순응으로 이어지는 생활 속에 내 삶을 맡기고 싶지는 않았다. 논쟁은 점차 본질에서 벗어났고 세상은 우리의 시선을 조금씩 비틀어놓더니 종내는 서로를 끝 간 데까지 이기적인 요즘 여자와 시대에 뒤떨어진 한심한 한국 남자로 결론짓게 만들었다. 우린 그렇게 남남이 됐다. 표면적으로는 건드리지 말아야 할 자존심을 할퀴어서였지만 실상은 어지러울 만큼 환하고 삭막한 도시의 야경 속에 우리를 품어줄 곳이 한칸도 존재하지 않아서였다.

쓸쓸한 과거를 뒤로하고 나는 다시 출발선에 서 있다. 물론 접고 접어서 전체 크기의 사분의 일에 지나지 않지만 꿈이 다시 피어나고 뻗어나가기엔 충분한 공간이다. 여기 살게 된 후 내겐 다시 인생의 방향과 목표가 생겼다. 언젠가는 온전하게 이런 집에 살고 싶다. 반의반만큼 접힌 공간이 아닌, 나만을 위해, 내 가치만큼 존재해줄 집 말이다.

가끔 이 방에 살던 사람을 떠올려본다. 남자인지 여자인지, 나이는 몇이었고 하던 일은 뭐였는지는 일부러 묻지 않았다. 오히려 쾌조씨에게 절대 그 사람의 신상에 대해 얘기하지 말아달라고 부탁했다. 구체적인 연상을 하고 싶지도 않았고 괜스레 나와 공통점을 발견해 센티해지기도 싫었다. 그럼에도 불구하고 비가 내리는 날, 혹은 깊고 적막한 밤이면 이 방에 머물던 영혼을 불현듯 떠올린다. 그 사람의 혼령이 어느 구석에선가 나를 지켜보고 있을 것만 같다. 그럴 때면 두려움이 온몸으로 퍼지기 전에 얼른 마음을 다잡는다. 어차피 우린 남의 무덤 위를 밟고 서 있는 것뿐이라고, 지구 자체가 거대한 공동묘지이며 삶은 그 공동묘지 위를 끊임없이 순환해 생겨난 결과일 뿐이라고 위안하며 말이다. 누군가의 죽음 위에 발을 디디는 게 인생이라면 그 죽음이 얼마 전 나와 같은 공간에 머물던 사람에게 닥쳤다고 해서 달라지는 건 없다.

물론 이런 종류의 자기위안에는 분명한 임계점이 있었다. 정확히 나를 둘러싼 모든 게 일상으로 느껴질 때쯤, 나는 사람들과 부대끼는 것에 스트레스를 느끼기 시작했다. 그래서 재화언니와 희진이의 특징을 낱낱이 파악하고 그들의 껄끄러운 관계를 알아버린 후에도 최대한 모습을 드러내지 않았다. 그러기 위해 그들의 행동 패턴과 시간을 파악한 나였으니까. 하지만 엮이지 않는 데엔 한계가 있었고 그건 어느날 재화언니가 내 방문을 두드리면서 곤란한 부탁을 하는 것으로 촉발됐다.

통통하지만 거친 얼굴에 어정쩡한 미소를 지은 재화언니의 손엔 마른 쿠키를 담은 접시가 들려 있었다. 하필 당이 떨어진 무방비 상태의 오후라 그랬을까. 어느새 재화언니와 나는 내 방 안에 마주 앉아 다과를 나누고 있었다. 의미 없는 수다가 신상 파악인 것을, 친절한 시선이 내 방을 탐색하는 눈길이었음을 더 예리하게 알아챘어야 했는데. 그리하여 맥주까지 두 캔 비워지고 난 뒤에도 나는 언니의 진심을 전혀 파악하지 못하고 있었던 것이다. 언니가 말을 할 때까지.

　—있잖아, 할 말이 있는데……

　—뭔데요, 언니?

　—화장실 좀 써도 될까?

　—그럼요. 다녀오세요.

그러나 웬일인지 언니는 움직이지 않고 내 눈만 뚫어지게 바라봤고 그제야 나는 언니의 질문이 일회성이 아닌 지속성을 담고 있다는 걸 깨달았다. 길어지는 침묵 속에 언니는 호소력을 담은 그윽한 눈빛으로 내게 무언가를 청하고 있었다.

난감했지만 충분히 이해할 수 있었다. 희진이와 쾌조씨와 함께 쓰는 화장실이라니, 상상만 해도 끔찍했다. 어쩌면 내가 그동안 재화언니와 개인적인 접촉을 피했던 이유도 바로 오늘 같은 상황을 피하기 위해서가 아니었을까. 나는 내게서 무슨 말이 나올지도 모른 채 입부터 열었다.

　—저기 언니.

하지만 재화언니도 꽤 오래 준비한 멘트였음이 분명했다. 승기를 빼앗기지 않겠다는 듯 그녀는 급히 내 말허리를 챘다.

─곤란한 건 알아. 저 화장실이 시연씨 단독 계약조건인 것도 알고. 근데 남자랑 같이 화장실 쓰는 게 얼마나 불편한지 상상해봤어? 나 아침마다 관리사무소까지 내려가서 거기 화장실 쓴다?

　언니가 코를 한번 훌쩍거렸다. 나는 공감한다는 의미로 고개를 끄덕였지만 속으로는 전혀 동의하지 못했다. 냉정히 말해 그건 재화언니 본인이 감당해야 할 문제였다. 언니가 코를 한번 더 훌쩍였다. 다행히 눈물 섞인 코가 아니라 단순히 콧물을 들이켜는 행위였다.

　─대신 값은 줄게. 한번 사용할 때마다 50원. 샤워는 시간당으로 하고, 아니면 아예 월로 끊어도 돼.

　나는 언니의 말을 재빨리 머릿속에서 장면화해봤다. 아무리 생각해도 내게는 재화언니를 위해 시간마다 문을 열어주며 그녀가 내민 백원짜리 동전에 짤랑거리며 거스름돈을 내줄 용기가, 그 행위를 위해 미리 동전을 구비하거나 모인 금액을 '화장실 사용비'라는 명목으로 송금 받을 자신이 없었다. 아니, 그러기 싫었다. 생각할 겨를도 없이 내 입에선 이런 말이 튀어나왔다.

　─미안해요 언니. 제가 사실 병이 있어요.

　─무슨 병?

　급하디급한 내 말에 언니는 당황한 듯 물었지만 내 표

정에서 벌써 읽은 것 같았다. 언니랑 화장실 같이 쓰기 싫은 병이요,라고 말하는 내 눈빛을. 더는 말이 오가지 않았고 긴 침묵과 함께 그날의 다과는 어색하게 끝났다.

그런데 내 착각이었나. 다음 날 방문 앞엔 레몬청이 한 병 놓여 있었다. 소화와 원기회복에 좋다는 메모도 함께였다. 난 레몬청의 무게만큼 무거워진 마음으로 그걸 언니의 방 앞에 돌려놓았다. 이런 쪽지도 붙여서 말이다.

언니 미안해요. 어제 병이 있다고 한 건 거짓말이에요. 상처가 되겠지만 거짓으로 속이는 것보단 나을 것 같아요. 언니, 전 제 권리만큼 살고 싶어요. 제가 지불한 만큼, 제가 누리기로 약속받은 만큼요. 그 사실에 대해 죄스러운 느낌을 느끼기도 싫고, 가식으로 가리고 싶지도 않아요. 미안하다고 썼고 정말 미안한데 미안하지만 미안하고 싶지 않아요. 미안해요 언니.

마지막 문장인 '미안해요 언니'는 지웠다. 그리고 앞 문장들을 새 포스트잇에 처음부터 다시 써내려갔다. 새 포스트잇은 처음 포스트잇보다 크기가 작아 문장이 다 들어가지 않았다. 그렇게 몇차례 같은 내용을 적다보니 최종적으로 내가 언니의 문 앞에 붙인 쪽지는 최근 내가 쓴 것

중 가장 예쁜 손글씨로 적히게 됐다. 우리 사이엔 더이상 불편한 일이 벌어지지 않았고 다시는 다과나 레몬청 따위가 오가지 않았다.

그러나 며칠 뒤 희진이와 재화언니의 전쟁이 시작되자 나는 그야말로 가시방석에 앉은 기분이었다. 위생(변기 뚜껑에 묻은 오물)과 영역(택배 상자의 위치), 식품관리법 위반(김치 뚜껑을 열어둠)을 주제로 번져나간 싸움은 그날따라 끈질기고 격렬했다. 쾅. 희진이가 현관문을 박차고 나갔다. 나는 잠시 틈을 둔 후 저녁으로 먹을 냉동 파스타를 데우기 위해 살금살금 문을 열었다. 아까부터 꼬르륵거리는 배를 어서 빨리 진정시키고 싶었다. 한데 부엌엔 뜻밖에도 재화언니가 서 있었다. 나를 쏘아보는 백만 볼트짜리 눈빛에 난 전기구이 통닭이 된 기분으로 얼어붙었고 찬바람을 일으키며 지나가는 그녀의 입에서 씨발, 더러워서 못살겠네,라는 말을 분명 들은 것 같다. 그녀가 부서질 듯 방문을 닫고 들어간 후에도 나는 냉동 파스타를 두 손으로 꽉 그러잡은 채 이 사달에 내 기여도가 어느 정도인지를 뻘쭘하게 가늠해야 했다.

─너무 신경 쓰지 말아요. 사는 게 그런 거니까. 각자도생이죠.

허공을 울린 목소리가 내 마음에서 새어나온 소리 같

아서 비현실적인 기분으로 고개를 들었다. 쾌조씨가 거실 구석에 앉아 노트북 모니터를 들여다보고 있었다. 그런 말을 낭랑히 뱉었다고 보기엔 그가 화면에 빨려 들어갈 듯 몰입한 모습이었기 때문에 나는 잠깐 내 눈을 의심하지 않을 수 없었다. 마침내 내 쪽으로 돌린 쾌조씨의 얼굴은 노트북에서 나오는 빛과 형광등의 영향으로 한쪽은 벌겠고 반대쪽은 창백했다.

— 원하지 않는 상황에서 굳이 블렌딩 인 될 필요 없다고요. 결국 마이웨이로 사는 사람이 살아남아요.

그가 마치 재화언니와 나 사이의 일을 알고 있다는 듯 중얼거렸다.

쾌조씨에 대해 내가 아는 정보는 제한적이었다. 회사를 다니다 비전이 보이지 않아 집에서 매일 주식 차트를 들여다보는 전업투자자로 전향했다는 것, 어느정도의 수익을 내는지는 알 수 없으나 그가 삶의 기준으로 삼는 가치는 오로지 아끼고 버는 거라는 점, 그래서 여름엔 베란다에 천막을 치고 겨울엔 테이블 밑을 잠자리로 삼는 사람이라는 게 전부였다. 차트의 색을 상징하기라도 하듯 그의 눈은 늘 빨갛게 충혈돼 있었고 입술은 푸르스름했다.

쾌조씨는 원래 사촌형과 돈을 보태 이 집에 전세로 살

고 있었다. 주인은 들어와 살 생각이 없었고 애초에 육년 이상 길게 살 사람을 구했다. 하지만 형이 고향집으로 내려가게 되자 빈집을 활용할 방안이 없을까 고민하던 그의 머릿속에 기발한 아이디어가 떠오른다. 남아도는 방들에 싼값으로 세입자를 들여 수익을 내는 거였다. 그렇게 세입자의 세입자가 생기게 됐고 나도 그중 하나였다. 법이 정해놓은 선을 따라 걷기에 세상이 허용한 범위는 너무 좁았고 그마저도 점점 줄어가고 있었다. 나와 재화언니, 희진이는 이 묘한 경계와 테두리에 웅크려 앉아 온기를 얻어야 하는 신세였다. 그러니까 우리는 투자적 관점에서 이 시스템을 만든 쾌조씨에게 협조하고 협력해야 했다.

— 잘돼가요?

뭐라도 말해야 할 것 같아 건성으로 물었다.

— 그냥 열심히 하는 거죠. 목표가 있으니까.

— 목표요?

— 네, 이런 집을 사는 거요.

그가 번들거리는 눈빛으로 말하는 순간 내 몸엔 가벼운 소름이 돋아났다. 그의 꿈을 누구보다 잘 이해하면서도 나는 그가 절대 목표를 이루지 못하리라고 확신했다. 그 확신은 동시에 나를 향한 자괴감으로 바뀌었다. 모든 게 쾌조라고 생각하는 사람도 해내지 못할 걸 나라고 이

룰 수 있을까. 그의 모니터를 수놓은 파고의 색과 물결을 보자 아득해졌다. 비트로 치환된 돈이 넘실거리며 만들어대는 푸른 물결과 붉은 태양 아래 표류하거나 난파되지 않고 무사할 수 있을까. 실패의 끝에 짧디짧은 성공이, 그 뒤엔 영원하고 끝없는 추락이 기다리고 있는 건 아닐까.

그후 생활은 한동안 조용했다. 희진이와 재화언니는 서로 완전히 거리를 뒀고 내 화장실은 나만의 공간으로 온전했다. 이 불편함은 달리 말하면 편리했다. 그러나 영어 유치원에서 상담교사로 일하며 임용고시 준비를 하던 나는 더이상의 활로를 찾지 못하고 있었다. 국제적인 전염병이 돌아 수업이 온라인으로 전환되었음에도 대형 체인 어학원의 힘인지 내 업무는 지속됐고 월급은 약간씩 밀리긴 해도 깎이거나 줄지 않았다. 주변의 악랄한 사례들을 보면 선방하고 있는 셈이었다. 그런데도 왠지 나는 현실에서 조금씩 미끄러지는 듯한 기분으로 하루하루를 버텼다. 텅 빈 학원에서 수화기 너머로 종일 환불이며 온라인 수업에 대한 상담을 하고 나면 내 생활이 몸을 아등바등 갈아 넣어 겨우 얻어낸 힘겨운 제자리걸음이라는 생각을 지울 수 없었다. 이만하면 만족한다고 위안하다가도, 발밑의 세상이 너무 빠르게 변화해 제자리걸음은 곧 퇴보라는 불안감이 거대한 파도처럼 밀려왔다. 그럴 때면 모든 게 갖춰진 내 방의 벽도 여전히 벽이라는 생각에 잠을 이루지 못했다. 과연 나는 조금이라도 도약할 수 있을까.

이런저런 생각에 좀먹혀가며 월세를 납입하던 어느 주말 아침, 쾌조씨가 단톡방에 공지를 올렸다. 중요. 보일러 교체 건으로 주인 방문 예정. 전체 회의 요청드립니다.

— 얼마 전부터 보일러가 말썽이었잖아요. 집주인한 테 연락했더니 고치는 건 상관없는데 내일 한번 집을 방문하겠다고 하네요.

테이블에 모인 우리에게 쾌조씨가 입을 열었다. 우리는 합법적이지 않은 틈새시장에 세 들어 사는 걸 숨겨야 했다. 문제는 주인이 왔을 때 목격할 집이 남자 두명이 지내는 것처럼 보이지 않는다는 데 있었다. 당연히 집주인의 방문에 앞서 대책이 필요했고 논의 끝에 우리가 짠 시나리오는 이랬다.

: 고향에 내려간 형 대신 쾌조씨는 친누나인 재화언니 와 함께 살게 됐으며, 희진이의 방은 창고로 쓰이고 있다. 안방은 쾌조씨의 방으로 한다. 그에 맞게 가구들을 배치한 후 당일 쾌조씨를 남기고 우리 셋은 자리를 비운다.

이 연극에서 쾌조씨의 누나가 될 재화언니의 방엔 아

무 이슈가 없었다. 희진이의 방도 창고로 변형시키는 데 큰 무리가 없어 보였다. 처음 들어가본 그의 방은 초미니 멀리스트의 방처럼 책상 하나와 의자 하나가 전부였고 그 흔한 만화책조차 몇권 눈에 띄지 않았다.

　—전엔 온갖 게 다 있었죠. 쓸데없는 것도 많이 모았고요. 다 부질없더라고요. 그래서 디지털화할 수 있는 걸 제외하곤 다 버렸죠. 지금도 하루에 다섯가지씩 무언가를 버리는 게 제가 중요하게 생각하는 루틴이에요. 언제든 이 한 몸뚱이만 떠나도 아무 상관없게 살려고요.

　자신의 방을 관조하듯 바라보며 말하는 희진이의 목소리가 공간을 왕왕 울렸다.

　핵심은 내 방, 즉 공식적으로 쾌조씨의 방이어야 할 안방이었다. 누가 봐도 내 방은 여자가 사는 방으로 보였고 게다가 야금야금 사들인 물건들이 너무 많았다. 야심 차게 산 로즈골드색 미니 냉장고와 선반에 늘어선 텀블러들, 여기저기서 얻은 온갖 종류의 굿즈들을 본 희진이가 핀잔을 줬다.

　—살림을 차리셨네요. 예쁜 쓰레기도 많고.

　아예 버리는 거라면 모를까, 짐을 빼서 옮기고 구조를 바꾸는 건 만만치 않은 작업이었고 낮에 시작한 일이 늦은 밤까지 이어졌다. 나와 쾌조씨 그리고 희진이가 물건을 옮기는 동안 재화언니는 팔짱을 끼고 자신의 방 문간에 기대서 있었다. 인과응보라는 표정이었지만 나는 신경 쓰지 않으려 애쓰며 이 굴욕은 딱 하루뿐이라는 일념으로 수모를 견뎠다. 그러나 내 물건은 생각보다 많았고 아무리 용을 써도 그중 일부는 도저히 희진이의 방에 들어갈 수가 없을 것 같았다.

―이참에 정리 좀 해요, 버릴 거 버리고. 자질구레한 물건들은 재화씨 방에 하루만 넣어두시든지.

희진이가 귀찮다는 듯 말하자 재화언니는 바로 이 순간을 기다렸다는 듯 빠르게 답했다.

―아, 그건 곤란!

그녀의 입가에 띤 '이 얌체야 맛 좀 봐라' 하는 미소를 무시하며 나도 괜찮다고 손사래를 쳤다. 입장 바꿔 생각해서 화장실 사건을 염두에 두면 그렇게 가혹한 처사도 아니었다. 다만 희진이의 말과 달리 내 눈에는 버릴 게 하나도 없어 보였다. 나는 남의 눈엔 잡동사니지만 나에게는 힘겹게 모은 자산인 물건들을 라면 박스에 하나하나 넣었다. 나의 유일한 사치품인 스타벅스 리미티드 텀블러 스무개도 포함해서 말이다. 그러곤 박스를 1층, 생활가전 버리는 곳에 옮겨뒀다.

―도와주고 싶긴 한데 괜히 나섰다가 흠집이라도 나

면 피차 책임 묻게 되고 복잡해지니까 그냥 혼자 해요.

미니 냉장고를 옮기는 내게 쾌조씨가 약 올리는 건지 진지한 건지 모를 어조로 말했다. 그렇게 혼자서 냉장고까지 낑낑대며 옮겨놓은 나는 뻐근한 허리를 손으로 짚으며 경비 아저씨를 찾아가 수거 스티커는 내일 붙일 테니 일단 손대지 말아달라고 신신당부했다. 박카스를 한 박스 건네며 내일 교대 근무할 경비 아저씨에게도 대신 전해주십사 부탁드렸다. 다음 날 집주인이 돌아가는 대로 다시 가지러 오면 그만이었다.

미리 고생을 한 덕에 주인이 오기로 한 당일은 할 일이 없었다. 우린 아침부터 문을 열고 환기를 시켰고 재화언니는 여기저기 페브리즈를 뿌려댔다. 이제 몸을 피해주면 남은 일은 쾌조씨가 알아서 해줄 터였다. 문제는 집주인이 예정된 시간보다 일찍 도착했다는 거였다. 점심이 지나서 오후에 온다더니 초인종이 울린 시간은 고작 열한시 반이었다. 쾌조씨가 방마다 노크를 하며 속삭였다.

— 거실로 집합! 막 놀러 온 것처럼 합시다, 친구인 것처럼.

우리가 후다닥 거실로 모인 직후, 삼십대 후반쯤으로 보이는 집주인 남자가 부산한 공기를 이끌고 문턱을 넘었

162

다. 우리를 보고 의외라는 표정을 짓는 남자에게 쾌조씨가 침착하게 말했다.

— 여긴 제 누나고, 여긴 누나 친구들이에요.

졸지에 쾌조씨의 친누나가 된 재화언니와 재화언니의 친구가 된 나와 희진이는 억지 미소를 들키지 않으려 얼굴을 돌렸다. 남자는 귤이 든 검은 비닐봉지를 부스럭거리며 내려놓더니 쾌조씨와 부엌 베란다로 넘어가 보일러를 살폈다. 흔쾌히 고쳐주겠노라는 말투는 너그러웠고 대화는 금세 끝날 것 같았다. 하지만 용건이 끝난 뒤에도 왠지 남자는 나갈 생각을 않은 채 멀뚱히 서 있기만 했다.

— 간만이니 집 좀 둘러보겠습니다.

쾌조씨가 고갤 끄덕이자 남자는 탐문관이라도 된 듯 집 안 곳곳을 세밀하게 살피기 시작했다. 희진이의 방에 들어서서는 창고가 생각보다 깨끗하다며 급조된 창고의 디테일을 간접적으로 지적했고 내 방, 그러니까 안방에서는 한참 킁킁대더니 향수 냄새가 난다며 고개를 갸웃거리기도 했다. 그가 동물적인 감각을 지닌 건지 우리의 성급한 구조 변경이 조악한 건지는 몰라도 어쨌든 예상치 못한 상황에 관자놀이에서 식은땀이 쭉 흘러내렸다.

— 요새 같은 때 친구들끼리 이렇게 모여서 놀기도 하고 참 좋아 보이네요. 뭐 불편한 건 없어요?

테이블로 다가온 남자가 봉지를 뒤적여 귤을 집어 들며 말했다. 물론 그의 질문은 오로지 그가 아는 정식 세입자인 쾌조씨에게 향해 있었다. 예 뭐, 하며 평소답지 않은 표정으로 미소 짓는 쾌조씨에게선 그간 볼 수 없던 세입자의 겸양이 읽혔다. 남자는 건성으로 폰을 한번 휙 들여다보고는 입을 뗐다.

　—저, 미리 말을 했어야 됐는데……

그가 말을 맺기도 전 초인종이 울렸다. 남자는 버선발로 뛰어가다시피 문을 열었고 곧이어 중년의 여자 한명과 부부로 보이는 삼십대의 남녀가 들어섰다. 순식간에 집은 여덟 사람으로 꽉 찼다.

　—하이고, 이렇게 사람이 많은 줄 알았으면 나중에 올걸 그랬네.

마스크를 쓴 오십대 아주머니가 생글거리며 활기찬 목소리로 말했다. 그녀를 뒤따른 부부는 문지방을 넘는 순간 사방을 두리번거렸다. 그들의 목적을 깨닫는 덴 시간이 오래 걸리지 않았다. 이 불청객들은 집을 보러 온 사람들이었다. 아주머니가 마치 자신의 집처럼 공간의 세세한 장점을 설명하는 동안 남자는 쾌조씨를 구석으로 불러 맺지 못했던 말을 다시 꺼냈다.

　—미리 알려드렸어야 했는데 미안하게 됐습니다. 집

을 내놓게 됐어요.

　—예?

쾌조씨는 전혀 예상하지 못했다는 듯 물었다. 이런 경우가 어디 있느냐는, 항변을 짙게 눌러 담은 "예?"였다.

　—마침 보일러 고쳐달라고 할 때 잘됐다 싶었죠. 요새 집을 잘 안 보여주는 세입자도 많다고 들었거든요. 겸사겸사 두가지 일을 해버리면 좋으니까요. 세 끼고 내놓은 거라 계약기간까지 편하게 사시면 됩니다. 연장이 될지는 모르겠지만, 일단 너무 걱정 마세요.

남자는 쾌조씨의 어깨를 툭 치더니 부동산 아주머니와 손님들에게 다가가 집의 채광이 예술이라고 찬사를 늘어놓았다. 그 팀이 떠나고 남자가 세번째 귤을 까먹을 무렵 또다시 초인종이 울렸고 두번째 팀이 들어왔다.

　—세입자가 젊은 사람들이라 그런지 집을 굉장히 깨끗하게 썼네.

두번째 팀의 부동산 아주머니가 물꼬를 트더니 이어서 달변을 펼쳤다.

　—결혼 안 한 젊은 사람들이 세 들어 있는 집이 좋아요. 동물 키우는 집, 아기 있는 집은 골 아파. 고양이, 개가 벽지 다 긁어놓고 애가 벽마다 낙서해놓고 아주 가관이에요. 여긴 그럴 일 없지. 그럼 다음번 전세 구할 때도 수리

해줄 필요가 없으니까 금액적으로 얼마나 유리해.

남자는 이 집을 산 뒤로 좋은 일만 생겼다는 MSG 가득한 멘트와 함께 첫번째 팀이 집을 좋게 봤다고 심리전을 펼쳤고 처음 들어올 때 시큰둥한 표정이던 신혼부부는 그 말을 듣더니 혹한 듯 눈빛이 빠릿해졌다.

마지막 방문자는 이십대로 보이는 남자였는데 지방에 있는 부모님을 대신해 왔다며 영상통화로 집의 내부를 꼼꼼히 비췄다. 부모에게 집의 상태를 보고하는 그의 폰 각도가 바뀔 때마다 우리는 빛을 비춘 바퀴벌레처럼 이쪽 벽에 붙었다가 저쪽 벽으로 달아났다가 해야 했다.

세 팀이 모두 빠져나가자 나른한 고요가 찾아왔다. 공기에 떠다니는 부유물들이 눈에 보이는 것 같았다. 집주인 남자는 우리를 돌아보더니 예고도 없이 폐를 끼쳐 미안하다고 다시 한번 사과했다. 그러곤 묻지도 않은 자신의 얘기를 들려주었다.

——이 집 사느라 정말 고생했어요. 대출을 너무 많이 받아야 해서 처음엔 반대했거든요. 지금 생각해도 정말 모험이었죠. 와이프가 고집부리지 않았다면 못 했을 겁니다. 그래도 천만다행이에요. 이 집으로 모은 종잣돈에 대출 일으켜서 이번에 새 아파트에 입주하거든요. 한번도

여기 살아본 적은 없지만 생각날 때마다 이쪽을 향해서 감사합니다, 하고 넙죽 고갤 숙일 겁니다.

남자는 감격에 겨운 듯 말을 이었다. 우리의 냉담한 표정 같은 건 그에게 전혀 문제가 되지 않는 것처럼 보였다. 그가 무언가를 더 얘기하려 할 때 전화벨이 울렸다. 남자는 예예, 하며 허공을 보고 몇차례 허리를 숙이더니 돌연 허리를 꼿꼿이 세우고 머리를 긁적였다. 가격 네고가 얼마나 가능하냐는 연락이었다. 이어서 다른 부동산 두군데에서도 연락이 왔고 남자의 목소리는 다시 활기를 띠었다. 보아하니 세 팀 간에 비딩이 붙은 모양이었다. 남자는 인사도 없이 집을 나섰다. 그가 마지막으로 전화기 너머로 던진 말은 당장 계좌번호를 주긴 곤란하며 처음 제시한 가격보다 금액을 높여야겠다는 거였다. 그들 사이에 일어나는 보이지 않는 경쟁, 말하자면 집의 새로운 주인이 되는 일 따위는 우리와 하등 상관이 없는 세계의 것이었다.

─정리는 내일 할까요.

희진이가 의욕 없이 물었다. 귤껍질이 테이블 위에 널려 있었고 텁텁한 공기에서 낯선 이들의 발냄새가 진동했다. 나는 반대했다. 기를 써서라도 모든 걸 제자리에 돌려놓아야 했다. 제자리라는 게 있다면 말이다. 그렇게 해야만 우리가 했던 무용한 노동의 흔적이 지워질 수 있었다. 창고방을 채웠던 물건들을 옮기고 풀며 방에서 방으로 이사하듯 짐 정리를 한 뒤 나는 텀블러 박스와 미니 냉장고를 가지러 1층으로 내려갔다. 그러나 그 자리에 있어야 할 내 물건들은 보이지 않았다. 깨진 거울이 달린 낡은 옷장만 한쪽 문이 열린 채 덩그러니 놓여 있을 뿐이었다. 경비실로 달려가 냉장고의 행방을 묻자 아저씨가 심드렁하게 말했다.

— 그거 누가 가지고 갔어. 어쩐지 버리기엔 너무 좋다 싶었는데, 누가 유심히 들여다보고 있더라고요. 내가 얼른 가져가라고 했죠. 옆에 상자도 열어보더니 쓸 만한 컵들이 많다고 몽땅 가져가던데?

— 뭐라고요? 몇호에 사는 사람인데요?

— 그야 모르지. 남자였나 여자였나, 모자를 뒤집어쓰고 있는데다 마스크 때문에 얼굴도 잘 못 봤어. 아가씨도 스티커값 아끼고 잘됐지, 뭐. 덕분에 박카스까지 잘 먹고 고맙네.

난 따질 힘도 없어 황망하게 한숨을 쉬었고 완전히 기진맥진한 채 집 안으로 들어왔다. CCTV를 확인해서라도 물건을 돌려받겠다는 의지도 모두 내일의 할 일로 미뤘다. 모두가 방문을 닫은 채 고요했다. 각자의 공간에서 알 수 없는 미래를 도모하는 중인지도 몰랐다. 거실에는 쾌조씨가 혼자 앉아 쩝쩝대고 있었다. 그의 앞에는 산더미 같은 귤껍질이 쌓여 있었다.

─맛있어요?

심리적인 타격을 전혀 받지 않은 것처럼 보이는 그에게 맥없이 말을 던졌다.

─아뇨. 더럽게 맛없어요. 근데 귤 상태가 애매해서 썩기 전에 먹으려고요. 두면 썩지만 배에 들어가면 영양분이 되니, 비축해두는 것도 나쁘지 않죠, 미래를 위해서.

그의 미련하기 짝이 없어 보이는 고집을 한심하게 여기는 순간 갑자기 가슴에 쩽하고 느낌표가 새겨졌다. 상하기 직전의 귤로 배를 채우는 걸 단순히 무식하고 미련한 행위라고 할 수 있을까. 내일이 되면, 정말 배를 곯게 되는 어떤 날이 온다면 이 장면을 되돌아보며 쾌조씨의 인생관이 현명했다고 생각하게 되는 건 아닐까.

나는 서둘러 내 방으로 돌아왔다. 줄 끝에 매달린 인형처럼 인생은 의지와 상관없이 제멋대로 움직였다. 계약서에 명시된 쾌조씨의 전세기간은 넉달 후에 종료였다. 장기 전세가 가능하다는 말만 철썩 믿고 들어왔지만 상황이 바뀔 가능성은 충분했다. 이제 새로운 집주인이라는 이름으로 그 줄을 쥔 자가 내 운명을 결정할 차례였다. 계속 여기 살 수 있을까. 때로 벗어나고 싶은 순간이 있긴 했어도 쫓겨나고 싶었던 건 아니었는데. 문득 어깨가 무거워지는 게 이 방에서 살던 사람의 발이 내 어깨 위에 얹혀 있는 것 같았다. 성별도 나이도, 살아온 인생의 한조각도 알지 못하는 그가 머리를 숙여 내 눈앞에 시커먼 그늘을 드리우고 있었다.

창에 기대서자 어둠에 묻힌 풀숲 뒤로 멀리 촘촘한 불빛들이 보였다. 풍경 속의 집들은 언제나 차고 넘치도록 많고 각자 빛을 뿜는다. 나는 사슬처럼 엮인 타인들 간의 관계를 생각했다. 그 사이 어디쯤에 위치해야 하는지 잠깐 머리도 굴려봤다. 하지만 내가 할 수 있는 가장 최선은 이 순간이 기억나지 않을 정도의 먼 과거가 되길 바라며 하염없이 서 있는 것뿐이었다. 내 어깨 위의 무게감이 다만 근육의 피로감이기를, 절망의 그림자가 나를 덮치지 않기를, 불행과 우울의 악취가 스며들지 않기를, 집주인의 말대로 이 집에 온 뒤로 모든 일이 다 잘 풀리기를 기도하면서.

상자 속의
남자

나는 상자 속에 산다. 꽉 닫힌 상자 안은 안전하다. 나는
그 안에 머물면서 세상을 지켜보고 관찰한다. 응시하고 싶
은 것을 응시하다가 불편해지면 눈을 질끈 감아버린다. 이
런 얘기를 들려줬더니 형은 옅은 미소를 지었다. 미소가
아니었는지도 모른다. 형이 어떤 기분인지를 표정으로 알
기란 쉽지 않다. 거의 굳어 있는 형의 얼굴에서 표정이라
고 해봐야 한쪽 입꼬리를 어색하게 올리는 것뿐이다. 그
리고 형은…… 아니다. 그의 자세한 상태를 묘사하는 건
내게도 형에게도 즐거운 일이 못 된다. 내가 말할 수 있는
건 형이 처음부터 이런 모습은 아니었다는 사실뿐이다.
    한때 형은 누구보다 우렁찬 목소리를 가지고 있었으며
아침 햇살처럼 밝은 미소를 아낌없이 내비치던 사람이었
다. 형이 이렇게 된 이유는 그가 상자 밖으로 부주의하게
뛰쳐나갔기 때문이다. 그러므로 내가 상자 속에 머무는

건 당연하다. 누구도 들어올 수 없고 내가 함부로 나갈 염려도 없는 이곳에서 나는 안전하고 평화롭다.

그렇다고 해서 내가 세상과 단절된 삶을 사는 건 아니다. 내게는 어엿한 직업이 있고 생활 속에서 매일 사람들과 말을 섞는다. 고된 상하차 작업에 대해 동료들과 푸념을 늘어놓기도 하고 엘리베이터에 탔을 때 멀리서 걸어오는 할머니를 위해 닫히려던 문을 다시 열어주기도 한다. 드물지만 내가 건넨 물품을 수령하는 사람과 가벼운 인사를 나누는 순간도 있다. 하지만 그건 예의의 범주에 속한다.

그렇게 하지 않으면 기분 나쁜 사람이라는 평가를 받게 될 테고, 차곡차곡 쌓인 불만과 클레임은 어떤 식으로든 내게 해를 끼칠 것이다. 기본적인 예의와 사회성을 갖추고 때로는 억울함을 견디며 손해 보는 느낌을 묵묵히 참아 넘기는 것. 그것이 나 같은 노동자들이 살아남기 위해 벌이는 소리 없는 투쟁이다.

물론 참기 힘든 순간도 더러 찾아온다. 주소 입력 오류로 생기는 번거로움이나 배송 지연에 대한 클레임 같은 건 아무것도 아니다. 최악의 상황은 얼굴을 맞댄 상대와 문제가 발생할 때 빚어진다.

한번은 집 안까지 무거운 생수 팩을 들여놓으라는 할아버지와 싸움이 붙은 적이 있다. 날은 더웠고 땀에 젖어 등에 철썩 들러붙은 셔츠가 척척했다. 눈앞엔 막 내려놓은 생수가 산더미처럼 쌓여 있었다. 벌컥 문을 연 할아버지는 대뜸 꺼끌꺼끌한 목소리로 현관 안까지 생수 팩을 옮기라고 명령했다. 첫마디부터 그렇게 공격적이지 않았다면 나도 마음을 바꿨을지 모른다. 하지만 다짜고짜 반말에 삿대질을 섞어 이걸 여기 두는 게 생각이 있는 짓이냐고 호통을 치는 데엔 도리가 없었다. 매뉴얼대로 택배 규정상 물품을 집 안까지 들일 의무가 없다고 응했으나 그는 막무가내였다. 나는 침착한 말투를 유지하려 애썼지만 돌아온 건 입에 담기 힘든 욕설과 직업 비하, 그리고 눈앞에서 쾅 닫히는 문의 굉음이었다. 관자놀이에서 굵은 땀이 쭉 흘러내렸고 주먹이 불끈 쥐어졌다. 생각할 틈도 없이 내 주먹은 문을 두드리고 있었다. 쾅쾅쾅쾅. 녹슨 철제문이 삐걱대는 소리가 사나운 개가 짖는 것처럼 복도를 컹컹 울렸다. 내 안에선 걷잡을 수 없는 분노가 번져나갔다. 문 뒤의 노인은 응답하지 않았다. 다행이었다. 문이 열렸다면 즉시 주먹이 나갔을 것이고, 나는 직장을 잃었을 것이고, 나 자신과 세상을 한층 더 미워하게 됐을 테니까.

다행히 시간이 흐를수록 고객의 얼굴을 볼 일도, 업무 중 해야 할 말의 수도 줄어들었다. 내 일은 점점 단순해져서 대부분은 고객을 상대하지 않은 채 박스를 싣고 닫힌 문 앞에 던져두는 것으로 끝난다. 그 과정은 반복적이고 고되지만 어떤 의미에선 정확히 내 세계관과 일치한다. 굳게 닫힌 문 앞의 밀봉된 상자. 서로 마주칠 필요도, 상자 안에 든 물건이 무엇인지 알 필요도 없다. 이 일에서 가장 중요한 건 물건이 안전하게 배달되는 것뿐이다. 안전. 내 삶의 모토, 내가 상자 속에 사는 이유도 바로 그것 때문이다.

가끔 들르는 공원에서는 아이들이 뛰어논다. 벤치에 가만히 앉아 있노라면 아이들이 눈앞에서 넘어지는 걸 보게 되는 경우가 생긴다. 그럴 때면 손을 내밀어 아이를 일으켜주고 싶은 마음이 든다. 형이 그랬듯 내 본능도 그러하다. 하지만 난 아이들에게 손을 내미는 대신 필사적으로 몸을 웅크려 손이 뻗어나가지 않도록 단속한다. 누군가를 해치기 위해 주먹을 들면 안 되는 것처럼 누군가를 돕기 위한 손길도 내밀어서는 안 된다. 내 손은 누구를 향해서도 나아가지 않는다. 삶이 내게 가르쳐준 쓸쓸한 관성이다.
처음부터 내가 이런 종류의 삶을 산 건 아니었다. 형이 아니었더라면 모든 게 지금과 같지 않았을 거다. 한때 형은 빛이었으며 뒤따르고 싶은 길 같은 존재였다. 아무리 애를 써도 내가 부족해 따라갈 수 없던, 그럼에도 마냥 자랑스럽고 든든하기만 했던 형. 내가 형을 닮지 않은 건 축복이었을까, 저주였을까.

타고나길 약하고 소극적이었던 나와 달리, 형은 무엇을 해도 잘해냈고 어딜 가든 인기가 많았다. 탄탄하고 다부진 몸을 가졌지만 힘을 함부로 과시하거나 으스대는 대신 진솔하고 소탈했다. 하지만 그 형은 과거의 형이다. 이제 내가 이주에 한번 의무적으로 보러 가는 형은 어두운 6인 병실에 누워 천장만 바라보며 쌕쌕댄다. 그의 시간은 십 이년째 멈춰 있다.

그날 밤, 그 참혹했던 밤. 내가 함께였다면 난 형을 말렸을까. 수갑을 찬 듯 내 안에 결박된 손을 뻗어 무모한 운명으로 향하려던 그의 걸음을 저지할 수 있었을까. 그랬더라면 형은, 지금도 웃고 떠들며 힘찬 걸음을 내딛는 사람이었을까.

*

당시 우리는 높다란 언덕배기의 낡은 아파트에 살았다.

정문을 통하는 것보다 오래된 주택가를 낀 옆문을 통하는 편이 빨랐는데, 그곳은 인적이 드물어 주로 개인이 소유한 트럭이나 택시 따위의 차들을 세워두는 장소로 쓰였다. 길고 경사가 심해서 사이드브레이크를 올리고도 반드시 뒷바퀴에 벽돌을 받쳐놓아야 안전한 길이었다.

그날 밤 형은 술을 한잔 걸치고 집으로 돌아오고 있었다. 언덕 꼭대기엔 여느 때처럼 파란 트럭이 하나 세워져 있었다. 형이 길 초입에 서서 담배를 한대 피우려고 주머니를 뒤지던 때였다. 옆 골목이 소란해지나 싶더니 젊은 부부가 가로등 불빛 아래 몸을 드러냈다. 둘은 다투고 있었는데 소리가 점차 커지는 것으로 보아 쉬이 끝날 싸움 같진 않았다. 그들 옆으로는 서너살 먹은 아이가 아장거렸지만 언쟁에 몰두한 부부는 혼자 도로 건너편으로 걸어가는 아이를 신경 쓰지 못했다.

형은 꺼내려던 담배를 도로 넣으며 이만 자리를 피해야겠다고 생각했다. 막 걸음을 옮기려는데 설명하기 힘든 이질적인 느낌에 형은 눈을 끔뻑, 깊게 감았다가 떴다. 움직이지 않아야 할 배경이 바뀌고 있었다. 술을 너무 마셨나 의심한 순간 형은 깨달았다. 트럭이 천천히, 아주 느리게 미끄러지고 있었다. 바퀴 밑에 보여야 할 벽돌이 보이지 않았다. 부부가 아무것도 모른 채 서로를 비난하며 목소리를 높이는 사이 아이는 어느새 트럭의 직선거리 아래에 쪼그리고 앉아 돌멩이를 땅에 두드리며 놀고 있었다.

서서히 움직이던 트럭에 갑자기 가속이 붙었다. 그것은 언덕 아래를 향해 푸른 불꽃이 번지듯 매섭게 질주하기 시작했다. 생각할 틈도 없었다. 형은 번개처럼 몸을 굴려 아이를 거칠게 밀어냈고 다음 순간 트럭 아래로 자취를 감췄다. 그제야 부부는 싸움을 멈추고 정체를 알 수 없는 끔찍한 소리를 향해 얼굴을 돌렸다.

형의 이야기는 신문과 뉴스에 실렸다. 다투던 부부는 왜인지 얼굴이 모자이크 처리된 채 인터뷰를 했다. 아이는 팔에 상처를 입었을 뿐 무사하며, 깊이 감사드린다고 얘기하는 목소리는 공손했으나 어딘가 냉랭했다. 형은 용감한 시민상을 받았지만 시상식에는 내가 대신 갔다. 구청장이 전해주는 차가운 금속 패를 만질 때 이상하게 몸에 소름이 돋았다. 그 모든 일이 일어나는 동안 형은 만신창이가 되어 병실에 누워 있었다. 취재진이 예의 없이 들이미는 마이크에 형은 온몸이 붕대와 깁스로 압박된 채 어눌한 발음으로 이렇게 말했다. 당연히 했어야 할 일을 한 것뿐이라고.

시간이 흘렀다. 형이 가졌던 것들이 차츰 사라졌다. 형

의 일, 뽑은 지 얼마 안 된 차, 홀로 계시던 어머니, 결혼을
약속했던 여자친구, 그리고 형을 찾아오던 많은 발길들.
불행만 나열한 듯 쓸쓸한 삶. 그 삶이 우리의 것이 됐다.

*

아주 가끔 그 부부의 삶을 엿본다. 사고가 난 곳 근처의
주택가는 허물어지고 그 자리에는 아파트가 올라갔다. 부
부는 아파트 입구 상가에서 꽃집을 한다. 가게 이름을 검
색하고 SNS를 통해 그들의 일상을 훔쳐보는 건 어려운
일이 아니다. 그들의 삶은 평화롭고 윤택하다. 환한 미소
가 가득한 일상에는 귀여운 반려동물이 함께하며 해외여
행의 흔적과 새로 산 물건들이 주는 작은 기쁨이 녹아 있
다. 그들에게 그런 삶을 허락한 건 형이다. 그 대가로 그는
정지된 시간 속에서 욕창이 가득 번진 몸으로 의미 없는
숨을 쉰다.

딱 한번, 그들의 가게에 들어가본 적이 있다. 아무도 없
는 공간에 알록달록 예쁜 꽃들이 숲처럼 우거져 있었다.
나는 요정의 정원에 들어선 듯 어지러운 꽃향기에 넋을
잃은 채 어쩔 줄 모르고 서 있었다. 받아본 적도, 선물해본
적도 없는 이름 모를 꽃들이 낯설기만 했다.

그때 가게 안으로 깡마른 여자아이가 들어왔다. 엄마, 하고 부르는 목소리가 높고 맑았다. 아이의 얼굴을 보기도 전, 팔에 난 긴 상처가 눈에 띄었다. 사슬처럼 촘촘하게 이어진 색 바랜 상처 자국. 형이 구해준 흔적, 그 아이가 살아남은 증거였다.

아이의 시선이 내 눈과 마주쳤다. 자신과 나의 삶이 어떤 식으로 엮였는지, 자신의 생이 무엇을 앗아갔는지 전혀 알지 못하는 무심한 눈빛이 은테 안경 너머에 차갑게 자리하고 있었다. 나는 시든 꽃이라곤 한송이도 없는 그곳을 도망치듯 빠져나왔다.

그날 밤 꾼 꿈을 잊을 수 없다. 수천수만송이의 시든 꽃들 틈에서 얼굴이 보이지 않는 사람들이 끊임없이 외쳤다.

누가 도와달랬어요? 감사하다고 충분히 말했잖아요. 한번 도움을 받았다고 평생 죄인처럼 살라는 겁니까? 누가 도와달랬느냐고요……

피해자는 가해자만 원망한다. 그러니까 형이 가만히 있었더라도 문제 될 건 없었다. 그 부부는 사이드브레이크를 올리지 않은 트럭 운전사를 저주했겠지만 형을 나무라진 못했을 거다. 그들도 못 한 일이었으니까. 물론 그들은 형에게 감사해했다. 그러나 감사의 대가는 통렬하다. 당연히 해야 할 일을 한 것뿐이라고? 거짓말이다. 그렇게라도 말하지 않으면 무너질 수밖에 없기에 하는 새빨간 거짓말일 뿐이다. 나는 깊은 밤 형이 고통과 회한에 울부짖는 모습을 수없이 봤다.

사람들은 감사의 마음을 쉽게, 너무나 빨리 잊어버린다. 고맙다고 인사를 건네고, 다행이라고 한숨을 내쉬고, 그러곤 아무 일도 없었다는 듯 일상으로 돌아간다.

아주 오랜 시간 동안 나는 그 사실에 분노했었다. 하지만 시간이 흐르자 내 생각은 조금 더 합리적인 쪽으로 기울었다. 사람들이 쉽게 감사의 마음을 잊는다면 방법은 간단하다. 굳이 남들이 감사할 일을 하지 않으면 그만인 것이다. 누군가가 고마워할 만한 일을 한다는 건 내가 더 위험해지거나 손해를 본다는 뜻이니까. 그러니까 명심하고 새겨야 한다. 절대로, 절대로 나와 상관없는 일에 뛰어들어서는 안 된다.

크리스마스이브의 일을 겪으면서도 그 생각은 변하지 않았다.

연휴를 앞두고 새벽부터 쌓여가는 눈으로 고생이 훤한 날이었다. 다음 날이 크리스마스라는 사실이 짜증스럽기만 했다. 눈길에 거북이 운행을 하는 차들 틈에서 연거푸 경적을 울렸지만 달라지는 건 없었다. 엎친 데 덮친 격으로 아침부터 쿨럭거리던 엔진 소리가 심상찮아 갓길에 차를 대자마자 타이어에서 푸슉 바람 빠지는 소리가 났고 차는 완전히 멈춰 섰다.

본사 작업반장과 문자를 주고받으며 이런 경우는 매뉴얼상 천재지변에 속하므로 큰 문제가 없을 거라는 답을 듣고 나서야 잔뜩 굳었던 몸이 풀리기 시작했다. 보험회사에서는 도로 사정으로 도착하는 데 시간이 조금 걸린다고 했지만 내 마음은 이미 한결 여유로워져 있었다. 이제 얼마간은 쫓기듯 다음 목적지를 향해 가지 않아도 괜찮았으니까.

차창 너머에는 눈으로 뒤덮인 청계천이 펼쳐져 있었다. 거리는 하얗게 칠한 듯 완전히 다른 풍경으로 바뀌어 있었고 주변의 소음마저 백색 눈송이 안으로 빨려들어가는 것 같았다. 날씨의 변화를 온전히 느껴본 게 얼마 만이었던가. 비나 눈이 오면 무조건 배송 지연부터 떠올렸었는데 뜻하지 않은 일로 나는 오히려 날씨가 바꿔놓은 도시를, 크리스마스이브의 풍경을 감상하고 있었다. 잠시나마 세상이 아름다워 보였다. 나는 차 문을 열고 밖에 나왔다.

지나가는 구세군 합창단의 행렬에 울리는 노랫소리가 경건하고 아름다웠다.

한 식당의 문이 열리더니 모녀로 보이는 여자 둘이 걸어나왔다. 체구가 단단한 할머니와 검고 긴 생머리의 여자였다. 그들은 자신들이 어른이라는 걸 잊은 듯 아이들처럼 폴짝거리며 눈밭에서 즐겁게 뛰놀았다. 경쾌한 웃음소리가 끊이지 않았다. 그래. 가족이란 저런 거였지. 뭉클한 기분에 내 눈길도 두 여자의 발랄한 몸짓을 좇았다. 그때 묘한 풍경이 시선을 사로잡았다. 한 남자가 그녀들을 향해 다가가고 있었다. 걸음걸이가 몹시 불안정했는데 눈길이 미끄러운 탓인지 의도적인 것인지는 분간하기가 힘들었다. 이미 조금 전부터 그의 존재를 눈치챈 행인들이 왜인지 동요하고 있었다. 그 순간 나는 내 눈을 의심하지 않을 수 없었다. 남자의 손에 칼이 들려 있었다. 내 입에서 소리가 튀어나오기도 전에 남자가 망치를 든 다른 쪽 손을 올렸다. 비명 소리가 들리고 상처 입은 여자가 바닥에 미끄러졌다. 순식간의 일이었다.

호흡이 가빠지고 손이 부들부들 떨렸다. 그들은 나와 멀지 않은 거리에 있었다. 걸음으로 따지자면 스무걸음쯤. 하지만 난 동상이라도 된 것처럼 자리에서 한발짝도 움직일 수가 없었다. 도와주세요. 여자가 소리쳤지만 그녀의 목소리는 맥없이 끊어졌다. 새하얀 눈에 여러차례 새빨간 자국이 새겨졌다. 나이 많은 여자가 무언가를 막 듯 식당 문에 기대섰고, 또 한번의 타격이 뒤따랐다. 그녀가 쓰러진 붉은 유리문 뒤로 한 소년이 보였다. 무심하고 무표정한, 그날의 다른 장면들만큼이나 어울리지 않던 얼굴로 그애는 문밖에서 일어나는 일들을 바라보고 있었다.

그뒤의 장면들은 잘 기억나지 않는다. 깨어진 성가대의 소리가 귀를 왕왕 어지럽혔고 속수무책의 일들이 연이어 벌어졌다. 그 모든 일들이 끝날 때까지 나는 여러차례 형의 손길을 느꼈었다. 내 등을 떠미는 형의 손길.

그러나 나는 고개를 절레절레 저으며 눈 속에 발을 묻은 채 버티고 서서 미동도 하지 않았다. 그것이 내가 살아남은 방법이다. 내 삶의 기준대로, 형이 내게 남긴 교훈대로.

그날 밤 나는 너덜너덜해진 정신으로 텔레비전 앞에 앉았다. 하루 종일 굶은 탓에 머리가 핑 돌았지만 허기는 느껴지지 않았다. 끔찍한 하루였다. 동료가 대신 트럭을 몰고 간 후 경찰서에 참고인 신분으로 출석하고 뒤늦게 저녁 조에 배정돼 할당을 채우고 왔다. 하루에 일어나기엔 너무 많은 일을 겪은 후였다. 내일이 크리스마스라는 사실이 믿기지 않았다. 뉴스에서 낮에 있던 일이 보도됐지만 나는 그대로 전원을 꺼버렸다.

　그후 며칠간 주어진 짧은 휴가 동안 나는 아무것도 할 수가 없었다. 지워버리기엔 그날의 기억이 너무나 선명했다. 도와달라던 절박한 외침. 내 발 위로 쌓여가던 눈. 그리고 피로 붉게 물든 문 뒤에 서 있던 소년의 얼굴이 자꾸만 떠올랐다.

　결국 이틀 뒤 나는 부고 기사에 적힌 병원 장례식장에 찾아갔다. 삼일장으로 치러지는 합동 장례식의 발인 전날이었다. 장례식장엔 생각만큼 사람이 많지 않았다. 막연한 애도의 마음으로 찾아간 길이었다. 아무도 나를 탓하지 않았지만 어쩌면 그렇게라도 해야 죄책감에서 벗어날 수 있을 거라 생각해서였는지도 모른다. 그러나 넓은 공간을 채운 무겁고 침울한 공기가 피부에 닿자 나는 누구에게도 묵념을 올릴 자신이 없어졌다. 내가 희생자들의 유족과 한 공간에 있다는 사실이 너무 뻔뻔스럽게 느껴졌다. 나는 감당하기 힘든 기분을 안고 서둘러 발걸음을 돌렸다.

　로비를 지나 엘리베이터를 기다릴 때였다. 옆으로 길게 배치된 대기 의자에 한 소년이 앉아 있었다. 검은 양복을 입고 있었지만 앳된 얼굴이 낯설지 않았다. 그날 본 붉은 문 뒤의 아이, 눈밭에서 엄마와 할머니를 잃은 아이였다.

그애는 비교적 바른 자세로 앉아 깍지 낀 손을 무릎에 힘없이 내려놓은 채 앞을 바라봤다. 처음엔 침울해 보였다. 하지만 그건 그애가 상복을 입었기 때문에 생긴 선입견이라는 걸 곧 알 수 있었다. 소년은 거기 앉아서 지나가는 사람들을 관찰하고 있었다. 장례식장에서 일하는 사람들, 눈물을 훔치는 유족들, 급한 발걸음으로 들어서는 조문객들을 유심히 쳐다봤다. 집요하게 무언가를 알아내고자 하는 눈빛은 아니었다. 하지만 사람 하나하나를 바라보는 눈길은 길었고 자기 나름대로 감상을 머릿속에 새기는 것 같았다. 나는 아이의 눈빛에 이끌려 엘리베이터를 타는 것도 잊고 천천히 그애에게 다가가 두 자리 건너에 앉았다.

— 뭘 그렇게 보니?

뭐라고 운을 뗄까 하다 말을 던졌다.

— 사람들요.

아이가 짧게 답했다.

— 사람들?

— 네. 궁금해서요. 다들 무슨 생각을 하고 살아가는지.

아이가 잠깐 말을 멈췄다.

— 할머니가 돌아가셨어요. 엄마는 아직 살아 있지만 죽을 수도 있겠죠. 살아나도 사는 게 아닌 상태가 될 수도

186

있고요.

높지도 낮지도 않은 담담한 어조였다. 가족의 비극을 이야기하는 십대 소년의 말투치고는 지나치게 차분했다. 나는 아이를 위로하고 싶었지만 이렇게 크나큰 일을 겪은 이에게 해줄 수 있는 말이 쉽게 떠오르지 않았다.

— ……많이 화나지?

— 그런 건 아니에요. 이해가 잘 안 가시겠지만 화를 낼 줄 몰라요. 알고 싶을 뿐이에요. 세상에 일어나는 일들에 사람들이 반응하는 방식에 대해서요. 거기에 어떤 이유가 있는지.

아이는 자신의 말을 더 정확히 하려는 듯 덧붙였다.

— 그리고 나는 비슷한 일이 생기면 어떻게 했을까도 생각하고 있어요. 안다고 생각했는데 갑자기 모르게 됐거든요. 사실은 처음부터 몰랐던 거겠죠.

아이의 어조는 마치 인간을 기계로 치환한 것처럼 무미건조했다. 하지만 신기하게도 그 건조함 안에 옅은 호기심이 느껴졌다. 아니, 호기심보다는 탐구심이라는 표현이 더 어울렸다. 궁금함을 참지 못하는 어린아이 같은 호기심이 아니었다. 그보다는 학자처럼 차분한 태도로 세상을 관조하며 분석하는 느낌에 더 가까웠고, 나와 대화한다기보다 나라는 대상을 통해 자신의 생각을 정리하는 것처럼 보였다. 그런 역할이라도 해줄 수 있다면 다행이었다.

　──아저씨는 아세요?

　아이가 물었고 나는 고개를 저었다.

　──나도 마찬가지야. 분명 알고 있다고 생각했었는데…… 네 말처럼 사실은 처음부터 몰랐던 거겠지.

　나는 길게 심호흡을 하고 용기 내 말했다.

　──엄마가 꼭 회복되시길 바랄게.

　하지만 뒤이은 아이의 말은 나를 당황시키기에 충분했다.

　──정말 궁금한 게 있어요. 그날로 다시 돌아간다면 무언가 달라졌을까요.

　그애가 나를 뚫어지게 바라봤다. 내가 거기 있었다는 사실을 아는 걸까. 내가 못 박힌 듯 서 있기만 했다는 걸? 나를 쳐다보는 이 아이의 눈빛은 무엇을 의미하는가. 나를 비난하기 위함인가, 아니면 나의 반응을 시험하려는 건가. 아무것도 읽을 수 없는 표정은 나를 혼란스럽게 했고 더는 버티기가 힘들어졌다. 나는 전화가 걸려온 척 스마트폰을 귀에 대며 일어섰다.

　그 아이와 나눈 대화는 그게 전부였다. 어른으로서, 한 인간으로서 나는 그애에게 답해줄 말이 아무것도 없었다.

그러나 그뒤로도 소년의 눈빛은 쉽게 잊히지 않았다. 아무리 생각해도 규정하기 힘든 표정이었다. 누군가를 탓하거나 원망하려는 의도가 아니었기 때문인지도 모른다. 정말로 이해가 가지 않아서, 아무도 답해줄 수 없는 불가능한 어떤 답을 찾는 듯했다. 그 얼굴이 떠오를 때마다 나는 괴롭게 뒤척일 뿐이었다.

그후 내 마음속에는 비밀이 생겼다. 떠올리는 것만으로도 진저리가 나는 잔인한 비밀이었다. 나는 트럭이 질주하던 순간 한발 늦게 고개를 돌린 부부의 심정을 알게 됐다. 미안했지만 동시에 가능한 한 빨리 잊고 싶었다. 끝까지 이해하고 싶지 않은 누군가의 마음을 이해할 수 있을 것 같다는 생각은 나를 끔찍하게 짓눌렀다. 아무런 흔들림 없이 지내던 내게 그런 종류의 고민은 반가운 일이 아니었다. 물건을 나를 때에도, 좀처럼 오지 않는 엘리베이터 앞에 무거운 수레를 대고 하염없이 기다리며 서 있을 때에도 괴로운 생각은 그치지 않았다.

새해가 된 지 며칠이 지나 형을 찾아갔다. 형의 낯빛은 한층 더 생기를 잃어가고 있었다. 보온병에 싸간 떡국을 조금씩 잘라 입에 넣어줬지만 자꾸만 입 밖으로 국물이 새어나왔다.

―형.

가만히 형을 불렀다. 참 오랜만에 불러보는 것 같았다.

―이렇게 된 거 후회 안 해?

갑작스러운 물음에 놀랐는지 형은 몸을 움찔거렸다.

―그냥, 너한테 미안하다.

형의 말들은 글로 옮기면 짧지만 소리로 들으려면 아주 긴 시간이 걸린다.

―아니 미안한 거 말고. 후회 안 하냐고.

내가 물었다. 왠지 모르게 목소리에 화가 실렸다. 그리고 나는 해서는 안 될 질문을 던지고 말았다.

―그날로 다시 돌아가면 똑같이 할 거냐고.

형은 한동안 말이 없었다.

―그건 답하기가 힘들어. 쉽게 답해서도 안 돼. 어떻게 대답하든 누군가는 아파져.

―왜.

―똑같이 할 거라고 말하면 널 아프게 하는 걸 테고, 아니라고 하면 내가 비겁해지는 거니까.

―아니, 그런 답 말고. 형, 나 그동안 형한테 한번도 물은 적 없어. 그럴 용기가 없었거든. 근데 알아야겠어. 알고 싶어. 만약, 만약 그날로 다시 돌아가면 어떻게 할 거야?

이미 눈물이 차오르는 걸 느끼면서도 나는 고집부리듯

이 물었다. 오늘만큼은 끝까지 답을 듣고 싶었다. 그 아이에게 내주지 못한 답을 알아내고 싶었다. 형은 쓰게 웃었다.

— 있잖아, 이미 일어나버린 일에 만약이란 없어. 그건 책임지지 못할 꿈을 꾸는 거나 마찬가지야. 하지만 한가지는 말할 수 있지. 어떻게 하든 누군가는 아프게 된다고.

형이 나를 바라봤다.

— 반대로 말하면 누군가는 기쁘게 되는 거야.

형의 꿈결 같은 말은 내게 아무런 감흥도 주지 못했다. 그건 까만 종이를 뒤집으면 흰 종이가 된다는 말과 조금도 다르게 들리지 않았다. 세상에 일어나는 무수한 일들에 정답 같은 게 있을 리 없었다. 나는 연말부터 한동안 나를 괴롭힌 모든 문제들로부터 다시 자유로워지기로 결심했다.

그뒤로 나는 다시 상자 속에서 살았다. 상자를 올리고 상자를 내리고 그것을 닫힌 문 앞에 놓아두었다. 더 힘든 날과 견딜 만한 날이 존재할 뿐, 점에서 점으로 이어진 직선처럼 생활에는 아무런 변화도 없었다. 그 사실은 내게 안도감과 허탈감을 동시에 안겨주었다.

*

　일년이 지나 다시 겨울이 왔다. 11월까지 이어진 이상 고온 탓으로 내내 늦가을 같던 날씨는 12월이 되자 작정한 듯 겨울로 바뀌었다. 하루아침에 찾아온 급작스러운 추위에 아침부터 온몸이 얼어 관절들이 뜻대로 움직이지 않았다.

　원래 비번이었지만 동료의 갑작스러운 병가로 대신 일을 나간 날이었다. 내 담당 구역에서 거리가 꽤 먼데도 배송 주소 목록을 보자 훤히 길을 알 수 있었다. 전에 살던 동네였다.

　차가 동네 초입에 들어서자 온몸의 신경이 날카롭게 곤두섰다. 골목마다 깃든 어린 시절의 기억 위로 낯선 아파트들이 송곳처럼 삐죽삐죽 솟아 있었다. 낯선 지도 위를 익숙하게 헤집는 느낌, 방향을 훤히 아는 미로 같았다. 전에 우리가 살던 아파트. 옆문을 통해 가던 그 길, 바로 그곳에 주택가를 밀어낸 아파트가 서 있었다. 세월이 흘러 이곳도 완전히 새 아파트라고 부르기는 어려웠다. 나는 묵묵히 차를 주차하며 일에만 집중하자고 마음을 다잡았다.

그렇게 첫번째 동의 작업을 마치고 나왔을 때였다. 다음 동으로 향하기 위해 트럭에 올라타려는데 어딘가에서 이상한 소리가 들렸다. 처음엔 화단에 숨은 고양이가 낑낑대는 소리인 줄 알았다. 그런데 낑낑대는 소리에 사람의 호흡이 섞여 있었다. 나는 불길한 기분에 이끌려 화단을 따라 조심스럽게 걸음을 옮겼다. 하늘은 흐렸고 주변엔 사람 하나 보이지 않았다.

길은 더이상 쓰이지 않아 막아둔 산책로로 이어졌다. 그 앞에 한 젊은 여자가 쓰러져 버둥거리고 있었다. 재활용 쓰레기를 버리려다 쓰러졌는지 주변에 페트병이며 빈 박스들이 어지러이 널려 있었다. 여자는 가슴을 움켜쥐고 심하게 떨었다. 얼굴이 고통으로 일그러져 있었다. 괜찮으세요? 떨리는 목소리로 겨우 한마디를 물었지만 여자는 답하지 못했고 퀭한 눈동자가 점점 빛을 잃더니 다음 순간 완전히 의식을 잃고 말았다.

나는 혼란에 빠진 채 멍하니 서 있었다. 그 회색빛 공간에 여자와 나 둘뿐이었다. 짧은 시간 수많은 생각이 스쳐 지나갔다. 일하면서 잊을 만하면 들었던 폭언들, 귀찮은 일에 휩싸이게 되리라는 두려움, 도움을 주려고 함부로 신체를 접촉했다가 오히려 가해자로 몰려 고소당했다는 증언들, 크리스마스이브, 붉은 문 뒤의 아이, 그리고 형.

119에 전화를 걸 생각조차 하지 못한 채 내 몸은 돌처럼 굳었다. 차라리 보지 않았더라면. 못 들은 척 여기까지 오지 않았더라면…… 나는 나도 모르게 뒷걸음질 치고 있었다. 두려웠다. 이곳에서 벗어나는 것만이 내가 할 수 있는 가장 현명한 일처럼 여겨졌다.

그때 몸에 둔탁한 충격이 느껴졌다. 누군가가 내 몸을 밀치고 쏜살같이 달려가 여자 앞에 무릎을 꿇었다. 트레이닝복을 입은 여자아이였다. 아이는 여자를 똑바로 눕힌 후 여자가 입은 카디건의 단추를 풀고는 호흡과 맥박을 확인했다. 그러곤 한 손을 다른 손에 깍지 껴 여자의 몸 위로 올렸다.

하나, 둘, 셋, 넷. 하나, 둘, 셋, 넷.

구령을 맞추듯이 주문처럼 숫자를 세며 아이는 여자의 가슴을 압박했다. 아이의 작은 몸에서 나오는 힘은 일정하고 균일했으며, 그 끊임없는 규칙성에서는 고집과 의지가 느껴졌다.

──119요, 아저씨!

아이가 나를 보지도 않고 외쳤다. 가쁜 숨을 미처 채워 넣지 못해 목소리가 갈라졌다.

──그리고 제세동기, 101동 우편함 옆에요! 입구 비밀

번호는……

　　—알고 있어. 말 안 해도 돼.

　이미 달려나가면서 나는 등 뒤로 외치고 있었다. 아이
의 말에 번뜩 정신이 든 느낌이었다. 한쪽 손으로는 119에
전화를 걸면서 나는 숨이 턱에 닿도록 달려 101동 현관
비밀번호를 눌렀다. 신고 접수를 하며 이 아파트는 1, 2호
와 3, 4호 라인이 외따로 떨어져 있으므로 입구에서 쭉 올
라와 벤치 앞에서 좌회전을 해야 한다는 말도 잊지 않았
다. 막 다녀와 101동의 구조와 입구 비밀번호를 알고 있다
는 게 믿기지 않았다.

　꺼내 온 제세동기를 건네주자 아이가 말했다.

　　—저 하는 거 보이시죠. 이제 아저씨가 이렇게 하셔야
돼요. 멈추면 안 돼요, 얼른!

　아이의 말투가 너무 진지해서였을까. 겁은 났지만 아이
가 여자의 가슴에서 손을 떼자마자 나는 바통을 이어받아
아래로 펌프질을 하기 시작했다. 너무 세거나 빠르지 않
게, 최대한 아이가 보여준 직각의 방향대로. 그러는 동안
아이는 제세동기의 전원을 켜고 여자의 옷 안으로 패드를
부착했다.

　　—손 떼고 떨어져요, 위험하니까.

　아이의 말에 나는 동작을 멈췄다. 아이가 잠시 숨을 몰

아쉬더니 버튼을 눌렀다. 몸에서는 땀이 흘렀고 어지러울 만큼 숨이 가빴지만 하얗게 질린 여자의 얼굴을 보자 한 가지 생각밖에 들지 않았다.

살아났으면 좋겠다. 다시 숨을 쉬었으면 좋겠다. 나와 한번도 본 적 없는 사람이지만, 어쩌면 언젠가 내 손길을 거친 상자 한개쯤은 이 사람의 문 앞에 가 닿은 적이 있을지도 모른다. 지금 이렇게 과도하게 뛰는 내 맥박을 조금이라도 나눠주고 싶다. 그러니까, 살아났으면 좋겠다……

그때였다. 여자가 미약하게 몸을 떨며 잔기침을 했다. 몸이 다시 깨어나는 소리였다. 나는 피가 잘 통하도록 따뜻한 손으로 여자의 손과 팔을 주물렀다. 코트도 벗어서 몸 위에 덮었다. 몇분 지나지 않아 구급대원이 도착했고 나는 상황을 설명하고 나머지 처치를 그들에게 맡겼다. 대원이 여자를 들것에 옮기면서 위급한 상황은 넘긴 것 같다고 말하자 그제야 현실로 돌아온 기분이었다.

아직도 쿵쾅거리는 맥박을 진정시키지 못한 채 주위를 둘러봤다. 하지만 아이의 모습은 보이지 않았다. 고개를 빼꼼히 드니 언덕 아래로 아이가 도망치듯 뛰어가는 모습이 눈에 들어왔다. 나는 구급차를 뒤로한 채 급하게 아이의 뒤를 쫓았다.

　— 저기, 잠깐만!

　아이를 불렀으나 그애는 얼핏 멈춰 돌아보는 듯하더니 오히려 더 빠르게 달리기 시작했다. 이건 또 무슨 일인가 싶어 나도 전속력으로 그애를 향해 달렸다. 나도 달리기로는 어디 가서 지지 않는 편인데 아이는 나를 약 올리기라도 하듯 좌우로 배낭을 달랑거리면서 잘도 뛰었다. 보통 빠르기가 아니었다.

　— 잠깐 기다려봐. 도망가는 거 아니면 멈추라고!

　다시 한번 크게 소리쳤을 때에야 아이가 속도를 늦췄다. 헉헉대며 무릎을 짚은 나와는 달리 별로 숨찬 기색도 아니었다.

　— 할 말 있으면 빨리요. 좀 바빠서……

　아이가 다소 퉁명스럽게 말했다.

　— 구급대원도 왔는데 그냥 도망가면 어떡해. 응급처치까지 다 해놓고.

　— 그 언니 괜찮은 거 확인했으니까 더 있을 필요 없을 것 같아서요.

　방금 전까지 꽁무니를 빼던 건 아예 시치미를 떼고 있었다.

　— 그래도 인사 정도는 듣고 가야지. 생명의 은인인데.

—고맙단 말 들으려고 한 거 아닌데요. 깨어나서 다행이긴 하지만.

　아이가 흘러내린 안경을 올리며 말했다. 은테 안경 뒤의 눈동자가 차가운 듯 맑게 빛났다. 어딘가에서 본 기억이 있는 것 같다는 생각을 뒤로하고 중얼거렸다.

　—용감하네.

　—그냥 학교에서 배운 대로 한 거예요. 맞게 하고 있는지 몰라서 순간 진짜 쫄긴 했지만. 쓸모없다고 생각했는데 뭐든 배워두면 쓸데가 생기나봐요.

　아이가 싱긋 웃었다.

　—그리고, 아저씨 없었으면 저도 힘들었을 거예요.

　아이의 웃음에도 왠지 나는 따라 웃기가 힘들었다. 억지로 미소를 지었지만 웃음소리까지 나오지는 않았다. 조금 전 아이가 심폐소생을 하던 모습이 떠올랐다. 꺼져가는 생명에 자신의 모든 힘을 쏟아넣던 그 모습이.

　—난 아무것도 한 게 없어. 네가 다 했지.

　—아저씨가 구급차도 부르고 제세동기도 갖다주셨잖아요. 같이 도운 거예요. 고마워요, 아저씨.

　엉뚱한 사람이 엉뚱한 사람에게 감사의 말을 듣고 있었다. 의식을 잃은 여자는 자신을 위해 누가 뭘 했는지 전혀 모를 테니까. 그렇지만 꼭 당사자에게 고맙다는 말을 듣지 않아도 이미 충분하다는 생각이 들었다.

—아저씨, 근데요……

아이가 조심스럽게 나를 불렀다.

—괜찮다면 이거 비밀로 해주실래요? 혹시 구급대원이나 그 언니한테 연락이 오더라도 제 얘기는 빼주시는 걸로……

—왜?

아이는 말을 멈추며 쭈뼛거렸다.

—사실 제가 지금 학원에 있어야 되거든요. 절대 이시간에 여기 있으면 안 되는 거라서, 그래서 알려지면 곤란해요.

난데없는 알리바이 조작 요청에 나는 할 말을 잃었다. 내 생각을 읽은 듯 그애는 급히 변명을 덧붙였다.

—아, 저 믿으셔도 돼요. 나쁜 짓 하는 것도 아니고, 그냥 부모님이 바라는 거랑 제가 하고 싶은 게 좀 달라서 그런 것뿐이에요. 그러니까 비밀로, 네?

애원하듯 양손을 맞잡은 아이의 소매 끝으로 조그맣게 상처가 새어 나와 있었다. 사슬 모양의 빛바랜 상처. 본 적은 없지만 머릿속에서만큼은 너무나 낯익은 어떤 장면이 스치듯 지나갔다. 오래전 어느 밤, 형과 어떤 아이가 만났던 장면이.

나는 그 상처를, 누군가가 살아남은 흔적을, 또다른 누군가가 불어넣은 생명의 흔적을 물끄러미 바라봤다. 아이는 내 눈빛을 끄덕임으로 이해했는지 씩 웃고는 바람처럼 달려 사라졌다.

정말로, 빨랐다.

그후로 다시는 그 아파트에 갈 일이 없었다. 내 구역이 아니므로 구태여 그쪽을 향할 일은 앞으로도 없을 것이다. 구급대원으로부터 여자가 감사 인사를 전하고 싶다며 내 연락처를 물어왔다는 연락을 받았으나 나는 무사하다면 그것으로 됐다는 말을 남겨달라고만 전했다. 마음 같아서는 아이의 존재를 이야기하고 싶었지만 약속은 약속이니까. 그렇게 그 일은 아이와 나, 둘만의 비밀로 남았다.

아마도 나는 변함없이 상자 안에 숨어서 안전한 삶을 꿈꿀 거다. 이미 굳어진 어른의 마음은 쉽게 변하기가 힘든 법이니까. 그렇지만 누군가를 향해 손을 멀리 뻗지는 못한다 해도 주먹 쥔 손을 펴서 누군가와 악수를 나눌 용기쯤은 가끔씩 내볼 수 있을까.

형의 말대로 삶은 누군가를 아프게 하고 누군가를 기

쁘게 한다. 그런 의미에서라면 나는 내가 알고 싶었던 답을 영원히 찾지 못할 것 같다. 하지만 유일하게 위안 삼을 수 있는 점은, 아픔도 기쁨도 한 종류만은 아닐지 모른다는 거다. 그 아이가 영원히 갖고 살아갈 상처처럼, 그애와 내가 나눈 비밀스러운 미소처럼.

문학이란
무엇인가

0. 유령

　그뒤로 보라는 딱 한번 윤석을 실제로 볼 기회가 있었
다. 그 일이 일어나고 십여년쯤 지난 후, 거리에서였다. 한
때 젊었던 작가는 머리가 많이 셌으며 등이 굽었다. 그는
풀어진 눈빛으로 느리게 걷고 있었는데 보라는 불현듯 그
를 이불처럼 덮고 있는 유령을 봤다고 느꼈다. 보라는 몸
을 떨었고 유령의 얼굴을 보지 않기 위해 고개를 돌렸다.
그리고 늙은 작가를 잠식한 것이 자신에게 찾아오지 않
기를 간절히 바랐다. 그 바람은 후에 그녀가 다시 글을 쓸
수 있게 한 계기로 작용했다.

1. 표면적 결론

아이러니하게도 그 소설은, 윤석이 그때까지 쓴 작품 중 가장 높은 판매 부수를 기록했다. 윤석은 그후로도 많은 글을 썼지만 그 작품이 남긴 기록에는 결코 근접하지 못했다. 그는 가끔 악몽에 시달렸고 그것보다 자주, 자신이 더이상 아무것도 쓸 수 없을 거라는 계시에 가까운 예감을 받곤 했다. 하지만 그 예감은 늘 엇나갔고 더는 자신에게서 단어 하나조차도 나오지 못할 거라고 생각할 때조차, 윤석은 계속해서 무엇인가를 써냈다.

겉으로는 별로 달라진 게 없었던 윤석과 달리, 보라의 삶은 이 사건으로 인해 송두리째 바뀌었다. 그녀는 그해 대학 입시에 낙방했고 설명조차 복잡한 낙인을 안고 살아야 했으며 그로부터 벗어나기 위한 여러가지 노력들로 너무나 지쳐버렸기 때문에, 다시는 글을 쓰지 않겠다고 결심했다. 이 결심이 다른 방향으로 선회하기까지는 앞서 밝혔듯 십년 가까운 시간이 필요했다.

어쨌든 시간이 흐르자 이 일은, 세상에 벌어지는 수많은 일과 마찬가지로 풍화되고 침식된 채 사람들의 기억 속에서 사라졌다. 윤석은 윤석의 삶으로, 보라는 보라의 삶으로 돌아갔고 둘은 더이상 공식적으로 만날 기회를 갖지 못했다. 윤석의 지위와 명성으로 인해 일이 윤석에게만 유리한 방향으로 진행됐다고 생각하는 사람도 있었고—실제로 이 사건과 관련해 그가 얻은 '실질적인' 이득은 상당했다—보라가 십대의 순수성—이라는 게 아직도 있다고 믿는 사람들에게는—을 이용해 영악한 수작을 부렸다고 말하는 이들도 있었다. 끝없는 공방에 결국은 시작점으로 회귀하도록 화제를 일축하는 건 언제나 더 엄격하거나 반대로 조금 더 아량이 있는 자들의 몫이었다. 그들은 양비론이나 양시론으로 둘 다를 비난하거나 둘 다를 이해하는 척했다. 그런 점에서, 끝끝내 한쪽으로 치우치지 않은 채 질문 자체에서 맴돌다 기화된 이 일의 표면적 결론은 어찌 보면 문제의 본질과 궤를 같이했다.

2. 장례식의 경험

훗날 보라가 윤석에게 현준의 장례식장에서 그를 처음 만났으며 그때 윤석에게 인사한 적이 있노라고 밝혔을 때 윤석은 물론 기억하지 못한다고 말했다. 교복을 입은 한 무리의 학생들이 어렴풋이 떠오르는 것도 같았다. 자기들끼리 장난을 치거나 낄낄대며 선생의 죽음을 희화화하는 아이들의 모습은 윤석의 심기를 건드렸으나, 사실 그것은 친구인 현준의 죽음을 모독한 데 대한 분노라고 보기 어렵다. 그 정체 모를 분노는 당시 세상을 향한 윤석의 세계관과 일치했다. 그때 그는 대상이 불분명한 화와 짜증에 완전히 지배되어 있었다.

장례식장은 죽은 자의 삶을 보여줬다. 빈소는 초라했고 조문객은 적었다. 가족과 동료 선생 서너명, 학생들 몇을 제외하고 자리를 채운 건 대부분 대학 동창들이었는데 그나마도 얼마 전 동기 모임이 있지 않았다면 과연 그 정도의 숫자가 모였을지 의문이었다. 윤석은 헌화를 하고 절을 하면서 현준의 별 볼일 없던 삶 ── 이라고 진심으로 생각했다 ── 과 그 삶에 갑작스러운 종지부를 찍은 어처구니없는 죽음에 대해 잠깐 묵념했다. 길을 걷던 현준은 어린아이가 실수로 떨어뜨린 화분에 머리를 맞아 그 자리에서 즉사했다. 마지막으로 그의 손에 들려 있던 건 도서관에 가져다줄 요량이던 연체된 도서였다고 한다. 부조리극의 한 장면처럼 슬프면서도 어딘가 우스꽝스러운 이야기였다.

윤석은 자신을 쳐다보는 동기들의 위화감 어린 눈빛을 묵묵히 견뎠다. 굳게 다문 그들의 입안에 얼마 전 술자리에서 있었던 난동에 대한 이야기가 달싹거리고 있다고 믿었다. 보이지 않는 대화가 귀에 들리는 것 같기도 했다. 윤석은 말없이 쓴 소주를 들이켜며 그 술자리에 나갔던 것을 다시금 후회했다. 곧 이름이 기억나지 않는 누군가가 그의 곁에 앉아 말을 걸었다. 윤석은 대화를 나눌 기분이 아니었지만 그 상황에서 침묵을 지키는 것보다는 뭐라도 말을 하는 편이 몇배쯤 나을 거라 애써 위안 삼으며 형식적인 미소로 상대방의 인사에 화답했다.

내면에 집중하느라 다른 것을 보지 못한 윤석과는 달리 보라는 자신을 다채롭게 둘러싼 풍경의 모자이크를 정성 들여 살폈다. 동행한 다른 아이들과 마찬가지로 보라는 장례식에 와본 적이 없었다. 보라는 현준과의 개인적인 친분 — 최소한 그런 게 있었다고 그녀는 믿었다 — 을 고려해 장례식장에 참석했지만 신기한 이벤트를 체험하는 듯한 다른 아이들의 태도에 크게 실망했다. 사실 아이들도 당황한 건 마찬가지였다. 파리한 얼굴의 유족들 앞에서 짐짓 심각한 표정을 짓다가 불과 몇분 뒤에 당당하게 반찬을 더 갖다달라고 외치곤 일회용 용기 안의 국밥을 쩝쩝대며 입에 쑤셔넣는 벌건 얼굴의 어른들. 아이들은 그 모습이 위선적이라고 생각했기 때문에 더욱 흥분해서 실화냐?라고 저희들끼리 크게 떠들며 과장된 몸짓으로 장난을 쳐댔다.

보라는 마음을 가라앉히고 찬찬히 주변으로 시선을 돌렸다. 오래되어 갈라진 벽, 그 틈을 놓치지 않고 피어난 검은 곰팡이, 멈췄다가 곧 이어지곤 하는 간헐적인 울음소리, 현준과는 전혀 상관없는 각자의 삶에 대한 이야기들, 눅눅한 공기에 밴 찐득한 술 냄새, 그리고 이들을 모두 한자리에 모이게 한 갑작스러운 사건. 그러니까 죽음.

보라는 가만히 '죽음'이라는 두 음절을 발음했다. 그녀로서는 도저히 헤아릴 수 없는 자연의 거대한 숙명이 그토록 간략히 발화되는 두 글자에 담겨 있다는 데 생각이 이르자 보라는 가볍게 몸을 떨었다. 그리고 그 순간 그녀는 그를 보았다.

책날개에서 보던 얼굴이었다. 흑백사진 속, 다른 곳을 향해 있던 쓸쓸한 얼굴. 그때 그녀는 중학생이었다. 소설을 읽는 동안 느꼈던 웅장한 떨림에 보라는 책날개를 펼쳐 소설 속의 주인공과 사진 속의 얼굴을 매치시켰다. 특별할 것도 없는 이야기를 근사하게 요리해내는 솜씨가 놀라웠다. 책장을 덮고 나자 어서 이 사람의 다음 작품을 읽고 싶다는 생각이 밀려왔다. 하지만 몇년이 지나도록 그 작가의 새로운 책을 볼 기회는 주어지지 않았다. 가끔 생각이 나면 보라는 책을 펼쳐 책날개 속 얼굴을 들여다보곤 했다. 그 얼굴이 지금 그녀의 곁에서 말하고 있었다. 낮고 중후한 목소리와 예민한 심성을 대변하는 얇고 긴 손. 보라는 가만히 소설가의 목소리에 귀를 기울였지만 대화를 자세히 엿듣지는 않았다. 소설가에게 사인을 받아야겠다는 소녀다운 마음이 갑자기 발동했기 때문이다. 그녀는 이 기념비적인 순간을 기록할 목적으로 가방을 뒤졌지만 그날따라 가방 안에는 문제집 몇권밖에 들어 있지 않았다. 문제집에 사인을 받는 것은 자존심이 허락하지 않았기 때문에 보라는 황급히 위층으로 올라가 병원 서점을 헤맸다. 완치의 희망을 다뤘거나 병상에서 읽을 가벼운 이야기가 대부분인 책들 틈에 생경한 제목의 책이 눈에 들어왔다. 『문학이란 무엇인가』, 장폴 사르트르. 들어본 적이 있는 이름이었다. 선망하는 작가의 사인을 받기에, 동시에 자신이 나이에 비해 조숙하고 지적인 문학소녀라는 사실을 어필하기에 딱 알맞아 보이는 책이었다.

그러나 보라는 목적한 바를 끝내 이루지 못했다. 장례식장으로 돌아왔을 때 소설가는 신발을 신고 떠날 채비를 하고 있었다. 보라는 수줍게 인사의 말을 뱉었지만 간신히 입 밖으로 새어나온 말소리는 외부의 소음에 비해 터무니없이 작았다. 소설가는 얼핏 보라와 눈이 마주쳤으나 그 시선은 보라가 들고 있는 책으로 빠르게 이동했다. 하지만 그 눈빛에 담긴 하찮음이, 자신을 포함한 이 자리의 모든 것을 외부화시켜버리는 폐쇄적인 표정이 보라의 용기를 꺾었다. 소설가가 사라지고 난 뒤 보라는 그가 앉아 있던 텅 빈 자리를 응시했다. 죽은 현준을 완벽히 잊고 있던 자신이 육개장을 퍼먹는 굶주린 얼굴의 어른들과 다를 바 없다는 생각이 그녀를 지배했고 그녀는 스스로에게 가벼운 경멸을 느꼈다. 보라는 조금 전 야심 차게 산 책을 쓰레기통에 던져버리곤 그곳을 빠져나왔다.

3. 만취 코미디

내내 침묵을 지키던 현준의 눈빛이 사납게 돌변하는 걸 가장 먼저 눈치챈 건 사실 윤석 자신이었다. 어쩌면 모두가 동시에 느끼고 있는지도 몰랐다. 그만큼 현준은 분명한 반감을 온몸으로 표시했다.

오랜만에 만난 동기들은 삶에 지쳐 있었다. 사십 중반을 막 넘어선 그들의 관심사는 대부분 살기 위한 삶 그 자체, 말하자면 돈, 집, 차, 아이들, 주식에 관한 주제를 벗어나지 못했고 윤석은 그들과 다른 세계에 속한 자신과, 그들의 비루한 이야기를 철저한 관찰자로 바라볼 수 있는 스스로의 위치에 일말의 자부심을 느꼈다. 사실은 그 일말의 자부심을 확인하고 싶어 나간 자리였다. 그때의 그에겐 그런 남루한 위안마저 절실했다. 그래서 누군가가 이제 윤석의 얘기를 들어보자고 멍석을 깔았을 때 반가운 마음으로 기꺼이 입을 열었던 것이다.

대화는 윤석의 차기작에 관한 질문으로 시작됐다. 곤란한 질문이었지만 윤석은 '곧'이라는 한마디로 그 질문을 가볍게 통과했다. 어떻게 둘러댄다고 해도 그들에게는 들키지 않을 자신이 있었다. 적어도 그들에게는.

화제는 자연스럽게 대학 시절 등단한 윤석과 당시 그가 문단에서 받았던 평가에 대한 이야기들로 넘어갔다. 수없이 반복됐던 얘기지만 입에 올릴 때마다 찬사 속에 담긴 부러움과 겸손을 가장한 자랑이 사이좋게 오가는 흐뭇한 주제였다. 이야기 도중 윤석은 대화에 전혀 끼지 않는 현준을 몇차례 곁눈질했다. 현준은 어둡고 침울한 표정으로 구석에 누가 던져놓은 듯 앉아 있었다. 머리 위에 먹구름이라도 몰고 다니는 것처럼 불온한 그 기운이 몹시도 거슬렸다.

윤석이 보기에 현준에겐 전혀 가망이 없었다. 가능성이란 단어도 그에겐 사치스러웠다. 현준은 (온갖 그럴싸한 위로의 수식어들을 제거하고 본질만 남기자면) 그저 가망 없는 나이 든 문청일 뿐이었다. 몇차례 읽어본 그의 소설들은 한결같이 실망스러웠다. 현준의 일관된 주제는 '주변부에 사는 소시민의 비애와 그것을 조장한 비정한 사회의 시스템'이었지만 그것을 풀어내는 방식은 허공에 대고 미친 듯이 강약도 없는 펀치를 날리는 것과 비슷했다. 뒤틀린 심사를 그렇게밖에 표현하지 못하는 무능함을, 구구절절하고 지루한 한풀이에 지나지 않는 그의 글을, 윤석은 혐오했다.

그랬기 때문에 현준이 별안간 혀 꼬부라진 소리로 윤석의 작품이 그럴듯한 소설들을 한데 모아 섞은 듯한 아류에 지나지 않으며, 별것도 아닌 재능만 믿고 까불었지만 발전은 없고 실력은 바닥을 보인 지 오래라 요 몇년째 한 글자도 쓰지 못하고 있는 건 세상이 다 아는 사실이라고 했을 때, 윤석은 필요 이상으로 당황하고 말았다. 치밀어오르는 화를 감추기 위해 윤석이 택한 건 조소를 머금으며 맞대응한 거였는데, 그렇다 하더라도 "가망 없는 글 나부랭이"라는 표현과 "그런 쓰레기는 일기장에나 써라" 따위의 말을 아무런 여과 없이 직접 입에 올린 건 두고두고 부끄러워하며 후회할 일이었다. 아차 싶었을 땐 이미 주워 담을 수 없을 지경의 말을 쏟아낸 후였다. 이어진 장면은 더 전형적이다. 동기들이 말릴 틈도 없이 현준이 벌떡 일어섰고 테이블이 엎어지고 술병이 나동그라졌으며 주인아주머니가 비명을 질렀고 윤석은 예고 없이 날아든 주먹에 얼굴을 감싸 쥐었다.

4. 불행을 동경함

보라는 늘 자신이 작가가 되기엔 치명적인 결함이 있다고 생각했다. 그건 누구에게도 밝히기 힘든 비밀이었는데, 한마디로 그녀는 작가가 되기엔 너무 '충분한 삶'을 살고 있었다. 자신은 '충분한 삶'이라고 주장하고 있지만 남들이 그것을 '행복'이라고 부르며 누명을 씌운다 해도 끝까지 아니라고 우길 자신이 없었다. 불행이라는 것이 존재한다면 자신을 의도적으로 피해 가는 게 분명했다. 혹은 자신에게 보이지 않는 막이 쳐져 있어서 불행이 그녀 안으로 뚫고 들어오지 못하는 것 같았다.

보라는 함께 만둣집을 운영하는 부모 밑에서 부족함 없이 자랐다. 가게는 언제나 북새통을 이뤘고 수시로 지점을 늘려갔다. 얼굴에 땀이 줄줄 흘러내리는 채로 만두를 성실히 빚는 아버지나 어머니에게서 보라는 그 어떤 문학적 감수성도 발견한 적이 없었다. 집은 가난해질 기미가 보이지 않았고 부모님이 병에 걸리거나 이제 와 사이가 틀어져 갈라설 가능성도 없어 보였다. 보라는 외동딸이었다. 하지만 그로 인해 얻을 수도 있었던 유년기의 외로움은, 바쁜 와중에도 알뜰한 관심과 사랑을 쏟는 부모와 모난 데 없는 성격, 원만한 교우 관계로 인해 차단됐다.

남들이 부러워할 만한 이런 사실들은 보라에겐 큰 낙담거리였다. 보라는 불우한 어린 시절을 보낸 사람들을 진심으로 동경했다. 물론 그녀에게도 말 못 할 고민이나 답 없는 내면의 자잘한 속삭임들이 있었고 그것이 그녀가 글을 쓰게 된 이유이기도 했다. 그러나 진정한 불행, 그러니까 의지와 상관없는 불가항력적인 외부의 공격을 경험한 사람들 앞에서 보라의 고민은 늘 터무니없이 유치하고 단순한 투정으로 전락했다. 불행을 관통한 사람들의 눈빛은 어둡고 깊었다. 그들의 눈에는 보라가 알지 못하는 인생의 비밀이 담겨 있었다. 책이나 텔레비전에서 불우한 어린 시절을 경험한 예술가들의 이야기를 접할 때면 보라는 거울을 들여다보곤 했다. 그 안엔 양달에서만 자라 음영도 입체도 없는, 멋없이 해맑기만 한 어린이의 얼굴이 있었다.

보라는 자신이 불행이라고밖에 표현하지 못하고 있는 것을 지칭하는 좀더 멋진 말이 있다는 걸 알게 됐는데, 그 단어의 이름은 '트라우마'였다. 아무리 추억하고 짜내봐도 그 네 글자에 해당하는 것을 그녀는 가지고 있지 않았다. 콤플렉스가 없는 게 콤플렉스였고 트라우마가 없는 게 트라우마였다. 열일곱에서 열여덟이 되자 보라는 스스로가 늙어버렸다는 생각에 사로잡혔고 극도의 불안감을 느꼈으며 깔깔대며 웃다가도 갑자기 우울해지곤 했다. 훗날의 자산이 되어줄 십대의 고충을 겪지 못하고 이대로 성인이 되어버릴 거라는 생각에 그녀는 초조하고 비통한 심정으로 하루하루를 보냈다.

경쾌한 필치로 십대의 깜찍한 연애담을 다룬 보라의 웹소설들은 상당히 인기가 있었다. 하지만 보라는 그 작품들이 전혀 자랑스럽지 않았기 때문에 필명을 썼고 열광적인 어린 독자들을 마음속으로 하대했다. 때문에 친구 몇몇만이 그녀가 글을 쓴다는 사실을 알았다. 보라가 자기 자신에게 떳떳한, 스스로의 지적 허영심에 부합할 만한 글을 써보려고 노력하지 않았던 것은 아니다. 다만 그런 시도들은 그녀로 하여금 자신이 뭔가를 흉내 내고 있다는 생각을 하게 만들 뿐이었고 보라는 그 원인을 자신의 평탄한 삶, 즉 불행의 부재로 진단했다.

그럼에도 불구하고 글쓰기를 그만둘 수는 없었다. 글쓰기가 좋아서가 아니었다. 그저, '글쓰기를 그만둘 수 없음'을 타고났기 때문이었다. 그 고통을 지탱하는 것은 다음 화를 기대하는 독자들의 흥분에 찬 반응이었다. 하는 수 없이 보라는, 별로 쓰고 싶지 않은 글들을 쉽게 갈겨대며 그로 인해 얻은 꺼림칙한 인기를 비밀스럽게 누렸다.

어느 봄밤, 보라는 부모님의 가게에 앉아 있었다. 영업 시간이 지나 있었고 부모님은 라디오를 틀어놓은 채 양파 껍질을 까는 중이었다. 밖에는 비가 내렸다. 보라는 휴대폰을 들여다보다 우연히 어떤 기사를 클릭했다. 오래전에 죽은 것으로 추정되는 시체가 산속에서 발견됐다는 철 지난 뉴스였다. 온몸이 발가벗겨진 사십대의 남자는 얼굴이 없었다. 하지만 몸에는 외상의 흔적조차 없었고 겨우내 땅속에 묻혀 있다가 계절이 바뀌며 내린 봄비로 흙이 쓸려나가면서 모습을 드러냈다. 경찰은 남자의 신원을 밝히고 범인이 누구인지 알아내기 위해 인근 주민을 대상으로 수사를 시작했다,는 보도로 기사는 끝을 맺었다.

보라는 뉴스나 기사 따위에 그렇게 관심을 갖는 편은 아니었지만 이상하게 이 일은 그녀의 마음속에 남았다. 그녀는 그후 몇달간, 생각이 날 때마다 그 사건에 대한 기사를 찾아보곤 했다. 하지만 더이상 새로운 정보는 얻을 수 없었다. 그 이야기는 정말 일어났는지 의심스러울 정도로 처음 그 자리에 정지 버튼을 누른 듯 그대로 멈춰 있었다.

보라는 그 남자가 누구였는지, 그를 죽인 것은 누구였

으며 왜 그가 알몸으로 겨우내 나무 밑동에 머물러야 했는지를 알고 싶었다. 그러나 누구도 그녀에게 답해주지 않았기 때문에 보라는 심심할 때마다 조심스럽게 상상의 나래를 펼치기 시작했다. 물론 그녀는 이 유희가 무엇을 목적으로 하는지, 어디로 자신을 데려다줄지에 대해서는 전혀 알지 못했다.

5. 마법의 시작과 끝

윤석이 글을 쓸 수 없게 된 건 (나쁜 의미에서) 마법과도 같은 일이었는데, 말 그대로 '어느날 갑자기' 벌어졌다는 점에서 그랬다. 자고 일어났더니 입이 돌아가 있었다든가 불시에 터져버린 자동차 사고처럼 그것은 아무런 징조도 조짐도 예고하지 않고 윤석에게, 마치 신에게서 부여된 것처럼 '닥쳤다'.

윤석은 자주 그 일의 앞뒤 상황을 더듬어보곤 했지만 아무리 생각해도 계기가 될 만한 사건이나 감정 따윈 없었다. 그는 여전히 때때로 연애를 하면서 독신을 즐기고 있었고 새로 마련한 커다란 작업실은 깔끔하고 산뜻했다. 수중의 돈도 어느 때보다 많았다. 딴에는 꽤 모험이었던, 구상이나 계획 없이 오로지 자동기술법에 의거해 휘갈긴 소설은, 그가 전혀 의도하지 않은 행간의 의미들과 미학적 시도들—사실 그런 건 없었다—이 조명되며 상을 받았고 충성스러운 독자들은 언제나처럼 착실히 그의 명성을 재확인해주었다.

어느날 밤 윤석은 몇몇 지인들과 술을 한잔 걸치곤, 집에 오는 길에 포장마차에 들러 우동을 한그릇 먹었다. 국물은 몹시 짠데다 면은 퉁퉁 불어 있었다. 이래서 어디 장사가 되겠느냐며 윤석은 주인아주머니에게 농담 어린 꾸지람을 건넸고 그 말에 아주머니의 입술이 잠깐 실룩이는 것을 보았다. 그는 따뜻해진 배를 두드리며 집으로 들어와 기분 좋게 잠을 청했다. 그리고 바로 그다음 날부터 아무것도 쓸 수 없는 사람이 되고 말았다.

윤석은 매일같이 지난한 싸움을 벌였는데 전투의 대상은 흰 화면 속의 반짝이는 커서였다. 커서는 감정 없이 늘 그를 재촉했다. 무엇을 쓰더라도 그것은 절대 만족하지 못했다. 그래서 윤석은 매번 어렵게 쓴 소량의 원고를 모조리 긁어 삭제해야 했다. 화가 나서 화면을 욕으로 한가득 채운 적도 많았다. 하지만 그 작고 얇은 검정 기둥은 아무런 모욕도 느끼지 않았다. 그것은 윤석이 정열을 실어 후려갈긴 욕설보다 정확히 한 발자국 앞에, 어디 더 해보라고 팔짱을 낀 채 약 올리듯 서 있었다. 윤석의 심장박

동이 견딜 수 없이 빨라질 때도, 커서는 메트로놈처럼 일정한 속도로 깜박였다. 그 리듬, 그 차분함, 그 끊임없음, 그 초연함. 윤석은 커서를 결코 따라잡을 수 없었다. 그것은 윤석보다 절대적으로 우월했다.

이 말도 안 되는 싸움에서 윤석은 나름 악전고투했다. 의사들의 처방과 조언은 도움이 되지 않았다. 그는 자주 포장마차 아주머니가 자신이 던진 말에 앙심을 품고 그에게 저주를 건 건 아닐까, 그 우동 속에 뭔가가 들어 있었던 건 아닐까, 하는 상상을 펼치다 고개를 절레절레 저으며 양손으로 이마를 짚곤 했다. 손으로 종이에 글을 써보기도 하고 휴대폰으로 떠오르는 문장들을 녹음해보기도 했다. 쉬겠다고 선언하고 아예 글을 쓰지도 읽지도 않았던 시기도 있다. 하지만 커서는 윤석이 모든 것을 뒤로하고 떠난 이국의 칠흑 같은 어둠 속에서도 환히 빛났다. 사실 그것은, 그의 머릿속에 존재했다.

윤석은 자신의 고충을 주변에 알리지 않았다. 그가 약속을 취소하거나 예정된 글을 개인적인 이유로 쓰지 못하겠다고 했을 때 사람들은 묵묵히 그를 이해하고 기다려주었다. 하지만 윤석이 오랜 시간에 걸쳐 쌓아놓은 신뢰와 기대는 손에서 빠져나가는 모래처럼 차근히 소진되고 있었고 종국에는 모두들 그가 겪고 있는 어려움을 알아챘다.

어느 오후 윤석은 오랜만에 대형 서점에 들렀다. 그는 반사적으로 무언가를 유예하듯 다른 코너를 한참이나 서성이다 돌고 돌아 문학 코너에 도착했다. 색색의 표지들이 예쁘장한 얼굴을 드러낸 채 매대에 꽂혀 있었고 떠오르는 젊은 작가들의 신작이 상위권을 휩쓸고 있었다. 윤석은 딴청을 부리는 척하면서 헛되이 자신의 책을 찾았다. 결국 그는 (혹시나 직원이 자신을 알아볼까 두려워하면서) 직원에게 조심스럽게 책의 제목 ── 자신이 가장 좋아하는 스스로의 작품이었다 ── 을 읊었다. 직원은 키보드를 두드리더니 따라오라는 말을 던진 채 빠른 걸음으로 앞서 걷기 시작했다. 미로 같은 공간을 이리저리 통과해 직원은 어딘가에 꽂혀 있는 윤석의 책을 능숙하게 집어 그에게 안겨주곤 사라졌다. 그와 그의 책이 남겨진 곳은 서점 밖 통로에 내놓은 70퍼센트 할인 코너였다. 윤석은 잠깐 그 자리에 멍하게 서 있다가 조금 전에 온 문자메시지를 확인했다. 그날 저녁에 동기 모임이 있다는 연락이었다.

술자리 이후 윤석은 다시는 현준을 볼 일이 없을 거라고 생각했다. 그러므로 고작 일주일 후에 현준에게서 전화가 걸려왔을 때 적잖이 당황할 수밖에 없었다. 몇차례나 전화를 받지 않았음에도 불구하고 현준은 포기하지 않았고 윤석은 마침내 자신의 집 앞에서 기다리고 있는 현준과 맞닥뜨렸다.

이날의 기억은 아무리 곱씹어도 환상처럼 느껴졌다. 현준의 등장과 그가 남긴 말들은 마치 성급한 장면 전환을 위해 억지로 끼워 넣은 인서트처럼 어색했다. 대놓고 불쾌함을 표현하는 윤석에게 현준은 자신이 사실은 윤석을 매우 존경해왔다며 —현준은 실제로 '존경'이라는 단어를 썼다—그 존경이 술의 농간에 낚여 질시로 둔갑한 경위를 자기비하의 형식을 빌려 길게 늘어놓았는데, 그 얘기가 어찌나 장황하고도 구태의연한지 애처로울 지경이었다. 빨리 자리를 모면하고 싶었던 윤석은 이해한다는 듯 고개를 빠르게 끄덕였는데, 이어진 현준의 말은 더욱 예상을 벗어났다. 그는 자신이 '마지막'이라는 각오로 소설을 썼는데 그 소설이 '가능성'이 있는지 여부를 꼭 윤석에게서 듣고 싶다고 했다. 윤석은 다시 건성으로 고개를 주억거렸고 그제야 현준은 상쾌해진 걸음으로 돌아섰다. 그리고 현준의 뒤꼭지가 시야에서 벗어나는 순간, 방금 벌어진 묘한 만남은 윤석의 머릿속에서 완전히 지워졌다.

현준의 부고를 접했을 때 윤석은 그날의 만남을 애잔

한 마음으로 떠올렸지만 그때조차 현준이 던져준 중요한 키워드인 '마지막'과 '가능성'이라는 단어에 포함된 복선, 즉 그가 새로 쓴 소설을 이메일로 보내겠다고 했던 이야기는 기억하지 못했다. 그것이 무의식의 수면 위로 건져올려지는 데에는 특별한 계기가 필요했다.

장례식에서 빠져나올 때 윤석은 한 소녀가 어딘가 상처받은 표정으로 서 있는 것을 보았다. 소녀는 마치 영정 사진을 든 것 같은 포즈로 책을 한권 안고 있었다. 윤석의 시선은 곧장 책으로 향했는데 그 제목을 보는 순간 잊고 있던 낡은 기억들이 봉인에서 풀리듯 되살아났다.

윤석은 소녀가 들고 있던 엄숙한 제목의 책을 읽은 적이 있었다. 아주 오래전 전부가 평등했을 때, 잠시나마 동기들이 모두 친구이고 동료였던 때다. 그들은 함께 그 책을 읽고 제목의 질문이 요구하는 답에 대해 세상이 끝장난 것처럼 치기 어린 설전을 벌이며 밤을 지새웠다. 결론도 없는 이야기 끝에 종내는 침묵하며 밤이 새벽으로 물들고 아침으로 변하는 풍경을, 그 형용할 수 없는 시간을 말없이 함께했던 맑은 얼굴이 현준이었는지, 아니면 또다른 누구였는지는 분명하지 않았다. 하지만 영원히 질문 자체로 존재하는 그 책의 제목을 보자 윤석은 그제야 비로소, 현준이 한때는 자신의 친구였으며 그가 꿈꾸던 것에 근접조차 못한 채 허망한 죽음을 맞이했다는 것을 깨달았다.

그날 밤 윤석은 이메일을 열고 영원히 세상에 공개되지 않을, 죽은 친구의 마지막 소설을 읽었다. 시작은 언제나처럼 실망스러웠다. 얼굴 없는 시체의 사지가 산속 여기저기서 발견되기 시작했다는 엽기적인 사건을 서술하고 있다는 점에서 전혀 기대가 가지 않았다. 하지만 어쩐 일인지 윤석은 한달음에 그 소설을 다 읽어버렸다. 마지막 페이지에 이르렀을 때 창밖으론 어슴푸레한 새벽빛이 새어들어오고 있었다. 윤석은 창문을 열고 담배를 한대 피우고는 잠을 청했다.

잠에서 깨어난 윤석은 근처의 식당에 나가 밥을 먹고 동네를 한바퀴 산책하곤 집으로 돌아왔다. 저녁이 되자 그는 소설을 프린트해서 다시 읽었다. 이번엔 주의를 기울여 행간을 살피고 단어를 곱씹었다. 썩 괜찮은 이야기였다. 하지만 윤석은 전체적으로 이 이야기가 매우 무책임하게 다뤄지고 있다고 생각했다. 군데군데 잘못된 단어들과 어울리지 않는 문장들이 발에 채는 돌멩이들처럼 몹시 거슬렸다. 그 돌멩이들을 거둬내고 길을 새로 포장해야 했다. 그 이야기에 숨어 있는 묘한 아름다움을 발굴해야 했다. 특히나 결말에는 절대적인 수정이 필요했다. 현준은 이야기를 가지고 놀다가 희망도 절망도 아닌 어떤 곳에 그것을 방치한 채 종지부를 찍었다. 윤석의 생각에 이것은 비극으로 끝나야, 죽음으로 끝맺어야 마땅한 이야기였다. 한마디로, 이 이야기는 조금 더 멋진 '옷'을 입을 가치가 있었다.

윤석은 갑자기 그를 사로잡은 이상한 흥분에서 벗어날 요량으로 몇차례 심호흡을 했다. 예상대로 별로 소용이 없었기 때문에 굳이 크게 노력하지는 않았다. 현준의 발인을 다시금 알리는 연락이 왔고 이어서 우리의 친구를 영원히 떠나보냈다는 메시지도 도착했지만 윤석은 별다른 감정을 느끼지 못했다. 그는 정리되지 않은 기분을 애써 떨쳐버리려 하지 않은 채 자연스러운 생각의 흐름에 스스로를 맡기고 일절 외부의 연락에 대응하지 않았다.

일주일쯤 지난 어느날 아침 윤석은 눈을 떴다. 아침에 눈을 뜨는 게 얼마 만인지 알 수 없었다. 꿈도 꾸지 않고 단잠을 잔 덕인지 몸은 어느 때보다도 개운하고 가벼웠다. 윤석은 커피를 마시는 것도 잊은 채, 마치 그러지 않았던 날이 없었던 것처럼 태연히 노트북 앞에 앉았다. 그러곤 흰 화면을 띄우고 손가락을 한껏 뻗으며 시험 삼아 몇 글자를 타이핑했다. 다음 순간 그는 자신을 지겹도록 괴롭혔던 저주의 마법이 풀렸다는 것을, 궁극적으로 자신이 이 고단한 게임의 승자가 됐다는 것을 깨달았다. 모든 것이 마법에서 풀려 본디 모습으로 돌아왔다. 그가 마주 보고 있는 건 자신을 위협하고 조롱하고 협박하는 내면의 목소리가 아니라 단지 커서일 뿐이었다. 사실 윤석은 그 사실에 놀라거나 감동할 수조차 없었다. 커서의 존재는 사라졌다. 화면 위로는 다만 윤석의 손끝에서 탄생한 글자들이 질주하고 있을 따름이었다.

그건 어떤 의미에서 새로운 마법과도 같았다.

6. 잠언과 죽음

현준의 수업은 지루했다. 한마디로 그는 수업에 열의가 없었다. 요즘에도 이렇게 가르치는 선생이 있을까 싶을 정도로 현준은 문제와 답을 기계적으로 읊어주는 데에서 크게 벗어나지 않는 수업을 펼쳤고 그 때문에 인기가 없었다. 학원에서 그를 자르지 않는 게 이상할 정도였다.

어느날 수업 시간에 ─ 그날도 현준은 문제와 답을 단조롭게 읊고 있었다 ─ 어떤 아이가 중얼거리는 소리가 모두의 귀에 들어갔다. 아이의 입에서 나온 말은 "이게 수업이냐?"였다. 갑작스러운 침묵 속에 현준이 탁, 하고 책을 덮었다. 그러곤 "이것은 수업이 아니다"라는 말로 포문을 열었다.

이어진 그의 일장연설은 두고두고 화제가 됐다. 그날의 발언은 현준이 여태까지 진행한 모든 수업을 통틀어 가장 인상적이었는데 요약하자면, 자신도 이런 수업을 하고 싶지 않지만 자신이 꿈꾸는 교육과 현 교육 시스템의 괴리에 자괴감을 느끼지 않고 근근이 살아가기 위해서는 어쩔 수가 없으며 그건 너희도 마찬가지일 테고 어차피 우리가 시스템을 바꿀 수 없다면 오히려 개처럼 납작 엎드려 최대한 비굴하게 복종하는 것이 현실을 조롱하는 가장 영리한 방법이다,라는 것이었다. 단순한 이야기였다. 하지만 현준은, 기계적인 수업을 펼치는 밥벌이 교육자로서의 비애와 고객이자 희생자인 아이들, 그러한 구조를 양산하고 재생산하는 현실에 대한 비판을 기승전결의 구성하에 리듬과 강약 있는 운율로 포효하듯 쏟아냈다. 아이들은 책상에 고개를 떨구고 야단맞는 모양새로 앉아 있었지만 귀를 쫑긋 세우고 어느 때보다도 그에게 마음을 열었다. 마침내 이야기가 끝나자 현준은 잠깐 숨을 고르더니 다시 태연하게 문제와 답을 읊기 시작했다. 아무 일도 없었던 것처럼 수미쌍관을 이룬 수업 중의 막간극으로 인해 그날 이후 현준에게는 소수의 팬이 생겨났고 그 몇몇이 그의 장례식에 참석한 아이들이었다.

현준의 무성의하고 세상에 연연하지 않는 듯한 태도는 보라의 흥미를 자극했다. 특히 아이들의 철없는 팬심이 밝혀낸 현준의 개인적 정보들 중 가장 인상적인 건, 그가 소설을 쓴다는 사실이었다. 소문에 의하면 현준은 이미 데뷔한 소설가였는데 그의 작품이 찾아지지 않는 건 그가 필명을 쓰고 있기 때문이며 그가 까페에 앉아 글을 쓰는 모습을 본 아이들도 몇 있었다. 보라는 이 괴상한 학원 선생의 이름을 인터넷에 검색해봤다. 하지만 소문대로 그가 쓴 소설에 관한 정보를 찾아낼 수는 없었다. 그렇지만 어쨌든 현준은 보라가 아는 유일한 '글 쓰는 어른'이었기 때문에 얼마 후 보라는 일부러 아이들이 빠져나가길 기다린 후 교무실로 그를 찾아갔다. 그녀는 현준에게 자신도 소설을 쓴다고 털어놓았고 살짝 눈을 치켜뜬 그에게 자신의 글을 읽어줄 수 있겠느냐고 물었다. 내키지 않게 고개를 끄덕이는 현준 앞에 보라는 자신의 웹사이트와 이메일 주소를 내밀곤 도망치듯 나왔다.

보라가 현준으로부터 받은 첫번째 답은 달랑 한줄이었다.

이것은 소설이 아니다.

차츰 알게 된 사실이지만 현준은 '이것은 ~가 아니다'라는 말을 즐겨 썼는데, 그 배경에는 보라가 잘 이해할 수 없는 서양 철학자의 생각과 이상한 그림들이 존재했다.

현준의 간단명료하고 직설적인 평가는 보라를 당황하게 했지만 어떤 의미에서 그 말은 보라가 가장 듣고 싶었던 말이기도 했다. 그뒤로 보라는 현준에게 자신이 고민하고 괴로워하는 것, 자신이 쓰는 글에 대한 이야기를 조금씩 털어놓기 시작했다. 삶과 글쓰기에 관한 고민을 최대한 촌스럽지 않게 표현하기 위해 보라는 신중을 기했고 그래서 현준에게 보내는 이메일을 작성하는 데에는 늘 오랜 시간이 소요됐다.

이에 반해 현준의 답은 언제나 짧고 강렬했는데, 이것은 고민이 아니다, 인생은 알 수 없는 것이다, 직접 인물 속으로 들어가라, 글에는 주제가 있어야 한다, 내면의 소리에 귀를 기울여라, 이미 모든 답은 네 안에 있다 따위로, 따지고 보면 누구든 뱉어놓으면 그만인 말들이었다. 하지만 보라는 현준이 던져준 부연 없는 명제들을 안팎으로 집요하게 사색함으로써 많은 공부를 이뤘다. 물론 이는 현준이 훌륭한 선생이어서가 아니라 보라가 성실한 학생이었기 때문이다. 어쨌든 겉으로 드러나지 않는 이 공부가 계속될수록 보라는 내면에 흩어져 있던 무언가가 서서히 응집되어 단단해져가는 느낌을 받았으며 자신이 여태까지 한번도 하지 못했던 것을 곧 할 수 있게 되리라는 예감 또한 점점 또렷해지고 있었다.

보라는 이 예감을 무시하지 않고 머릿속에서 굴러다니던 이야기를 발전시켰고 그것을 틈틈이 글로 옮겼다. 먼저 그녀는 얼굴 없는 남자를 되살리고 그의 얼굴을 몸통에 꿰매 붙인 후 옷을 입혔다. 남자의 죽음부터 삶까지를 거꾸로 상상했고 다시 탄생부터 죽음까지를 훑었다. 그런 뒤 남자가 살아오면서 만났던 수많은 사람들과 그들이 준 기억, 그들이 나눈 대화와 그 사이에서 피어난 감정을 상상했다. 그뒤 그녀는 애써 살려낸 남자를 아주 잔인한 방법으로, 얼굴뿐 아니라 사지를 모두 토막 낸 후 산과 강 여기저기에 각각 따로 흩뿌렸다. 보라는 여태까지 자신이 쓰던 글과 다르게 쓰기 위해 노력했기 때문에 이 일은 아주 천천히 이루어졌고 작업은 고됐다. 하지만 어쨌거나 이야기는 끝을 향해 가고 있었는데 물론 석연찮은 점이 자꾸만 마음을 괴롭혔다.

그러니까, 마무리를 어떻게 맺어야 할지를 도무지 알 수가 없었다. 어느 지점에서 종지부를 맺어야 하는지, 이 이야기의 끝이 어디인지 생각을 정리하려 하면 할수록 머릿속이 엉켰다. 여러가지 결말을 떠올렸지만 그중 스스로를 납득시킬 만한 것은 없었다. 이 고민은 한동안 계속되다가 결국 자신이 이 이야기를 왜 쓰려는지조차 모르고 있다는 결론으로 도달했다. 그 사실을 깨닫자마자 서늘한 공기가 몸을 휩쌌고 동시에 보라는 삭, 하고 차가운 숨을 들이마셨다. 그 숨을 끝으로 다시는 숨을 쉴 수 없을 것 같았다. 공포. 완전한 벽. 아래로 끌어내려지는 듯한 버거운 중력. 숨도 쉬지 못하는 와중에도 허예진 보라의 입 위로 천천히 미소가 피어났다. 이 미지의 공포가 반가웠다.

그동안의 성찰이 이루어낸 새로운 결과를 짜잔, 하고 공개함으로써 자신의 문학적 스승 ─ 이라고 그녀는 그때 생각했다 ─ 에게 칭찬을 받고 싶었기 때문에, 보라는 현준에게 새로운 소설을 쓴다는 이야기를 그동안 한 적이 없었다. 하지만 이제 무언가가 달라졌다. 새로운 종류의 매력적인 공포를 경험한 바로 그날 밤, 보라는 여태까지 쓴 미완의 이야기와 함께 자신이 당면한 벽에 대한 고백을 현준에게 이메일로 보냈다.

답은 오랜 시간 동안 오지 않았다. 때문에 보라는 자신이 현준에게 무리한 부탁을 한 것은 아닌가, 후회하기 시작했다. 하지만 늘 그렇듯 완전히 기대를 버리자 답이 도착했다. 보라는 떨리는 마음으로 화면 앞에 마주 앉았다. 이 순간은 평범해서는 안 됐다. 그녀는 가슴이 꽉 차도록 숨을 들이켰다. 작지만 강한 확신이 퍼져나갔다. 칭찬과 경탄. 메일에는 그런 내용이 들어 있을 것이다. 그렇다면 어떻게 반응해야 할까. 천천히 숨을 내쉬며 마침내 이 어린 작가는 첫 독자의 코멘트를 열어보았다.

엉성하고 재미없다. 입시에 매진하는 게 좋겠다.

그게 전부였다.

보라는 그 잔인한 두줄짜리 비평을 읽고 또 읽었다. 아무리 눈을 씻고 봐도 그 안에 다른 은유는 들어 있지 않았다. 보라는 느껴본 적이 없는 수치심에 입술을 꽉 깨물었고 조금 울었다. 그날로 그녀는 더이상 학원에 나가지 않았다. 현준에게 더이상 메일을 보내지 않았음은 두말할 것도 없다. 보라는 그동안 공들여 쓴 소설을 깡그리 잊기로 마음먹었고 짧은 공백 뒤에 분풀이를 하듯 그 어느 때보다도 가벼운 필치로 웹소설 연재에 매달렸다.

현준의 죽음은 보라에게 커다란 사건이었다. 자신을 둘

러싼 평온이라는 외피가 현준의 죽음이라는 망치로 두드려져 깨졌다. 현준의 장례식에 다녀온 후에도 보라는 오랫동안 그가 더이상 세상에 (살아 있는 육신으로) 존재하지 않는다는 것을 믿을 수 없었다. 보라는 현준이 그동안 보내왔던 짧은 잠언들을 날마다 회상하며 지금쯤 땅에 묻혀서 썩어가고 있을 그의 몸을 상상했다.─그녀는 현준이 화장됐다는 사실을 알지 못했다─그리고 죽음의 이유를 밝혀내기 위해 표정 없는 사람들에게 부검을 당했을지 모를 이름 모를 남자를 다시 떠올렸다.

삶은 수상한 방향으로 진행되고 있었다. 세상에는 얼토당토않고 개연성 없는 죽음이 성행했고 그것은 자신의 곁에서도 매일같이 벌어지고 있었다.

이제 보라는 자신이 부끄러워하던 웹소설이 인기 있는 이유를 알 수 있을 것 같았다. 동시에 안개 속에 잠겨 있었던 소설의 결말도 점차 윤곽을 드러내가고 있었다. 결국 자신이 글을 쓰려고 하는 이유는 삶 그 자체 때문이었다. 죽음 따위는 상관없다는 듯 이어지고야 마는 삶. 어둠을 갈라내는 빛. 보라가 가진 힘은 불행을 연료 삼지 않고 그런 이야기를 하는 데 있었다. 그러므로 그녀는 더이상 자신에게 없는 것을 동경할 필요가 없었다.

하지만 얄궂게도 머지않아 보라는 자신이 그토록 원했

으나 이제는 더이상 필요로 하지 않는 것을, 취소 처리 후 도착한 택배처럼 갑자기 선물 받았다.

7. 같거나 혹은 다른 것

자신의 홈페이지에 주로 가벼운 하이틴 로맨스 소설을 올리던 여고생이 어느날 새로운 소설을 올렸다. 연재식으로 조금씩 올라오던 전작과 달리 새로운 소설은 이미 완결된 상태였고 분량도 상당했다. 살해되어 시신이 토막난 채 발견된 남자를 주인공으로 내세운 이야기는 다소 음산하고 진지한 분위기를 풍겼다. 이 어린 작가의 유쾌하고 발칙한 이야기에 익숙했던 많은 팬들은 의외라는 반응을 보이면서도 새로운 이야기에 열광했고 삽시간에 입소문이 퍼져나갔다.

여고생의 소설이 공개되기 얼마 전 한 중견 작가의 신간이 출간됐다. 소설을 어느정도 읽어본 사람이라면 들어봤을 법한 이름의 작가로, 몇년의 공백을 깨고 발표한 작품이라는 점에서 화제를 모았다. 책 뒷면에는 작가의 스승이자 문학계의 원로가 쓴 추천사가 실렸는데 "개인의 문제에서 벗어나 사회의 환부를 직접 파고드는 작가의 새로운 변신"이라는 대목이 큼직한 글자로 쓰여 있었다.

소설은 얼굴 없는 시체의 팔과 다리가 각기 다른 산속에서 따로따로 발견됐다는 이야기로 시작해 살아 있을 때 그가 누구였으며 어떻게 해서 죽음에 이르게 됐는지를 거꾸로 파헤쳐가는 구성을 띠고 있었다. 바로 이 소재와 구성이 여고생의 글과 정확히 일치한다. 같은 지점은 그뿐이 아니었다. 소설 속 남자의 직업 ─ 그는 우체부였다 ─ 도 같았고 그가 여러 이름을 가지고 다른 이들의 삶을 대신 살아왔다는 설정도 같았다. 그가 생전에 만난 사람들의 나이대와 직업은 두 소설에서 대부분 일치했고 인물들의 대사나 문장 표현도 여러군데에서 같은 것으로 드러났다.

크게 다른 점을 꼽자면 결말이다. 중견 작가의 작품에서 주인공은 물론 그가 만난 모든 사람이 이미 죽은 것으로 밝혀진다. 반면 여고생은 정반대의 결론을 내렸다. 주인공이 남긴 물건들이 그가 만났던 모든 사람들에게서 발견되고 그들은 남자가 살아 있다고 믿는다.

이 일의 구체적인 경과에 대해 자세히 서술할 필요는 없을 것 같다. 모두가 상상할 수 있는 범위와 규모 안에서 공방과 설전, 소동이 일어났다고만 요약하겠다.

산이나 강에서 죽은 채로 발견된 사람들의 이야기는

일정한 간격을 두고 끊임없이 보도됐다. 신원이 밝혀지는 사람도 있었고 사체가 훼손되어 끝끝내 파악되지 않는 사람도 있었다. 일의 경위가 알려지는 경우도 있었지만 영원히 미궁 속으로 빠져버리는 일도 허다했다. 이런 종류의 사건이 보도될 때마다 사람들은 경악했으나 죽은 이들이 어떠한 삶을 살았는지에 대해 생각하는 사람은 극히 일부였다. 놀랍지만 늘 벌어지는 일이었다. 사람들은 자주 망각했고 또다시 처음처럼 경악했다. 그렇기에 이것은 새로워도 낡은 이야기였다. 그러니까 그들의 이야기도, 전부 똑같거나 혹은 전부 달랐다.

열리지 않은
책방

큰 도시 속 작은 동네의 어느 구석진 모퉁이에 열리지 않은 책방이 있었다. 책도 팔고 마실 것과 간단한 음식도 파는 곳이었다. 물론 열리지 않은 책방이라는 건 주인이 책방을 열기 전까지를 말한다. 열리지 않은 책방 안에는 책방을 열기 위해 준비 중인 주인이 있다. 주인은 열린 후의 책방도 좋아했지만 열리지 않은 책방도 좋아했다. 사실대로 말하자면 홀로 있는 시간을 가끔씩은 더 사랑하기도 했다.

어느날 열리지 않은 책방 안으로 누군가가 들어왔다. 문은 벌컥 열렸지만 발걸음은 단호하지 않았다. 주인은 문을 잠가놓지 않은 것을 후회하며 말했다.

── 아직 열리지 않았습니다만.

손님은 머뭇거리며 그 자리에서 움직이지 않았다.

── 문이 열려 있었습니다.

―문은 열려 있지만 책방은 열리지 않았습니다.

주인이 완강히 답했다. 커피를 내리던 참이라 손님의
얼굴을 아직 보지 못했다.

―잠깐만, 잠깐이면 됩니다.

둘의 눈이 몇초간 마주쳤다. 주인은 시선을 피하기 위
해 황급히 바깥을 내다보았다. 비가 내리고 있었다.

―그렇게 하시죠.

주인이 조금쯤 풀 죽은 목소리로 말했다.

손님은 빗물이 묻은 우산을 입구에 세워두고 천천히
서가 사이를 걷기 시작했다. 신중한 걸음걸이마다 습기
찬 발자국이 찍혀나갔다. 손님은 섣불리 책을 고르지는
않았다. 어쩌면 그는 무언가를 말하고 싶었을 것이다. 주
인 역시 이미 닦은 컵을 수건으로 문지르며 침묵이 깨지
기를 기다렸다.

이윽고 손님이 책을 빼 들고 주인에게 다가왔다. 그가
지갑을 꺼내는 순간 주인이 말했다. 아마도 다급한 어조
였을 것이다.

―계산할 필요는 없습니다.

손님이 고개를 들자 주인은 시선을 외면했다.

―열리지 않은 시간이거든요.

─그렇지만.

손님이 한사코 말했다. 끝맺어지지 않은 문장이었다. 그는 원래 하려던 말과 다른 이야기를 했다.

─그렇다면 마실 음료를 주문하겠습니다. 그건 지불해도 되겠지요.

손님은 즐겨 마시던 따뜻한 차를 주문했다. 주인이 차를 준비하는 동안 손님은 창을 바라볼 수 있는 테이블에 가 앉았다. 책을 펼쳐 몇 글자를 읽고 있는 손님의 뒤로 차향이 퍼지기 시작했다. 향긋하며 또 익숙한 냄새였다.

─비가 많이 내리는군요.

주인이 차를 가져다주자 손님이 말했다. 과연 빗줄기는 거칠어지고 있었다. 거리의 풍경이 흐려지고 가게를 도로와 구분한 창이 비밀의 거울처럼 두 사람의 모습을 비췄다. 텅 빈 거리에는 누구도 없었다. 두 사람 모두 그 사실을 알고 있었다. 새벽이 아침이 되어가는 고요한 시간이었다.

─네. 그래요.

주인의 목소리가 울렸다. 혹은 떨렸다.

─참으로 닮았죠. 새벽이 아침으로 물드는 모습과 저녁이 밤으로 스며드는 모습은 말입니다.

둘 중 누군가가 말했다.

─그렇습니다. 하나는 밝아지고 하나는 어두워질 뿐.

둘 중 다른 이가 답했다.

주인은 작고 조심스러운 걸음을 옮겼다. 곧바로 주방으로 돌아가는 대신 그는 손님의 자취를 따라 서가를 거닐었다. 작은 서가였지만 몸을 숨기고 누군가를 충분히 길게 바라볼 수 있을 정도의 공간이었다. 발자국은 어느 지점에서 증발되어 더는 보이지 않았다. 한참을 그 안에 머물던 주인이 숲에서 나오듯 서가 사이로 모습을 드러냈다. 그리고 아까부터 미루고 미루었던 말을 꺼냈다.

─괜찮으시다면.

손님이 얼굴을 반쯤 돌렸다.

─요리를 해도 괜찮겠습니까.

손님은 가볍게 고개를 끄덕였다. 그러곤 눈길을 돌려 책으로 시선을 보냈다. 몇장의 종이가 넘어갔다. 사실 글자를 읽었을 뿐 내용은 머리에 남지 않았다.

계란이 지글지글 소리를 내고 베이컨이 오그라들었다. 충분히 삶긴 토마토가 물 위로 슬쩍 떠올랐다. 몇 종류의 채소가 수분을 머금고 퉁퉁해졌다.

손님은 아무것도 들리지 않는 듯 책을 바라보았다. 때

때로 스스로의 완고함이 견딜 수 없어질 때면 창밖을 보기도 했다. 바깥이 내다보이지 않는 이상한 창. 보이는 것이라곤 자신과 이 공간의 주인뿐이었다. 손님의 책장은 어느 순간부터 멈춰져 넘어가지 않고 있다.

드디어 주인이 그에게 먹을 것을 가져다주었다. 접시가 달그락 소리를 내며 테이블에 놓이고 은식기가 저들끼리 챙 소리를 냈다.

그렇게 손님에게 이른 아침이 차려졌다. 간단하고도 완벽한 식사다.

— 원래는.

주인이 쟁반을 든 채 말했다.

— 열지 않는 시간입니다, 그리고.

손님이 책을 덮었다. 손끝으로 책의 뾰족한 모서리를 더듬으며 그는 다음 말을 기다렸다.

— 나에게 아주 중요한 시간이지요.

— 알고 있습니다.

손님이 답했다.

— 늘 그렇게 말했었으니까요.

손님이 찻잔을 들자 하얀 김이 그의 얼굴을 잠시 가렸다. 그가 무엇인가를 말하기 위해 입을 열었다. 하지만 주인이 한발 빨랐다.

—식기 전에.

　때로는 상대의 말을 막기 위한 말들이 있다.

　—얼른 드시지요.

　지금 주인의 말이 그랬다. 손님은 고개를 끄덕이고 주인의 조언을 따랐다. 단순한 재료로 만들어진 음식을 오래도록 씹고 천천히 향을 느꼈다. 그리고 결국,

　—맛이 똑같군요.

　라고 말해버렸다. 이어질 침묵을 담보 삼은 말이었다.

　—변했습니다. 조금은.

　간신히 뱉어진 주인의 대답에 조바심이 담겨 있는 듯도 했다.

　—시간이 많이 지났으니까요.

　절정의 비가 계속되었다. 주인과 손님은 각자의 공간에서 있었다. 절정이 끝날 때까지. 젖은 발자국이 말라들 때까지. 새벽이 아침이 될 때까지. 말없이.

　그러자 일어날 것 같지 않은 일이 일어났다. 혹은 언제나 일어나는 일이 또다시 일어났다.

　차츰 세상이 모습을 바꾼다. 사납던 비가 얌전한 보슬

비가 되고 작아진 빗방울들이 조금 더 밝아진 세상을 꾸준히 적셔나갔다.

고양이가 한마리 지나가고 한 사람이 그 뒤를 쫓았다. 개가 두마리 지나가고 세 사람이 그 뒤를 따랐다. 네 사람이 지나가고 다섯 사람이 뒤따랐다.

그렇게 아침이 오고 말았다.

주인이 시계를 보았다.

―아침이네요.

―그렇습니다.

오간 말은 그뿐이었다. 그러나 수선해진 풍경만큼 둘의 마음도 바빠지기 시작한다. 초조하고 막연하고 안타깝게 둘은 무엇인가를 기다렸다. 서로의 입에서 나올 말을, 길게 응시할 표정을, 기대하거나 두려워했다. 하지만 아무런 일도 일어나지 않았다. 일어난 일은 오로지 기다림뿐이었다.

마침내 시계가 임계점에 다다른 듯 어느 시간의 정각을 가리켰다. 주인은 무겁게 입을 열었다.

―이제 가게 문을 열 시간이 됐군요.

손님은 고개를 끄덕였다. 지체하기엔 시간이 많이 흘러 있었다. 표정을 바꾼 주인이 성큼성큼 걸어 가게의 문을 활짝 열었다. 모험과 도전이 섞인 제스처였다.

순간 문 앞에 도사리고 있던 낯선 공기가 한순간에 밀려들며 내부의 공기를 빠르게 앗아갔다. 빵 냄새, 토마토향, 베이컨과 계란의 냄새, 책의 향기, 두 사람의 체취와 온도, 떠돌던 말과 침묵까지도 모두.

사라졌다.

— 그러니까.

주인이 낮게 속삭였다. 뒤의 말은 하지 않았다. 나오지 않았다는 편이 더 정확하다. 단지 방금 문을 연 행위가 자신에게 어떤 메시지인지 불현듯 알 수 있을 것 같았다.

손님은 고개를 끄덕이고 천천히 일어섰다. 일정한 걸음걸이로 그가 앞을 향해 걷기 시작한다. 느린지 빠른지 구분하기 어려운 속도다. 한발짝 한발짝. 영원한 걸음을 걸을 것 같던 손님이 열린 문 밖으로 어느 순간 빠져나간다. 순식간에, 또 오겠다는 눈짓도, 다시 오시라는 인사도 주고받지 않은 채로.

남겨진 주인은 손님이 놔두고 간 그릇들을 정리하기 시작한다. 완벽했던 식사가 끝난 자리엔 누군가의 흔적이 남았다. 다시 쓸 수 있는 상태로 만들기 위해 주인은 접시를 닦고 헹구었다. 그런 뒤 그는 손님이 앉았던 자리에 앉아본다. 손님이 펼쳤던 책을 펼치자 후루룩, 얇고 빠른 바람이 피어난다. 바람은 작은 종잇조각이 끼워진 페이지에서 멈춘다.

주인은 종이를 들어 조심히 펼친다. 종이에 쓰인 몇마디 글자가 눈을 어지럽힌다. 많지 않은 글자들, 주인은 그 글씨체를 알고 있다. 언제나처럼 간격이 좁은 손님의 글씨체다. 주인의 얼굴이 바뀐다. 알 수 없을 정도, 눈치챌 수 없을 정도, 들키지 않을 정도로 아주 살짝, 그의 어깨가 떨린다.

그러나 영원토록은 아니다.

한참을 자리에 서 있던 주인이 흩어진 몸을 다잡고 다시 청소를 시작한다.

주인은 창을 닦고 책들을 가지런히 매만진다. 그러다 바쁘던 손길이 느슨해진다. 서가 사이의 빈 공간을 보았기 때문이다. 손님의 손길이 스치고 간 자리에 남은, 딱 책 한권만큼의 공간. 한동안 망설이던 주인은 그 공간을 여백으로 남기기로 한다. 그리고, 정리가 끝났다,라고 결론 내린다.

주인은 환영의 메시지가 써진 검은 보드를 밖에 세워

둔다. 초크를 들어 오늘의 추천도서를 적고 세심히 고른 음악을 튼다. 마지막으로 'open'이라는 팻말을 잘 보이게 걸어두면, 주인에게는 'close'라는 글자가 보인다. 밖에서는 열려 있고 안에서는 닫혀 있다. 그러니까 닫혀 있지만 열려 있는 책방이다.

열리지 않았던 책방이 문을 열었다. 오늘도 주인은 미지의 손님들을 향해 예의 바른 미소를 보내고, 인사를 건네고, 차와 음식을 제공할 것이다. 하지만 잠깐. 아주 잠깐의 시간이 여전히 남아 있다. 주인이 남색 전기포트에 물을 받는다. 자신만을 위한 차를 끓이기 위해서다. 물이 끓어오르기를 기다리며 그는 서가로 돌아가 한권의 책을 빼든다. 역시 자신만을 위한 책이다.

이제 규칙적이고 안전하며 정각에 맞춰진 삶이 펼쳐질 것이다. 주인은 그 정각을 어김없이 지킬 것이다. 그래야만 가게는 매일 같은 시간 열릴 수 있으리라. 그래야만 열리지 않은 책방의 비밀스러운 시간을 혼자 누릴 수 있으리라. 그러므로 그는 기필코 그 시간을 지킬 것이다.

손님은 길을 걷다가 천천히 속도를 줄인다. 줄인 것이 아니라 줄어든 것이다. 부유하던 발걸음이 느려지더니 멈춘다. 멈춘 것이 아니라 멈춰진 것이다. 우두커니 서 있던 그가 뒤를 돌아본다. 돌아본 것이 아니라 돌아보아진 것이다.

모퉁이 끝에 문이 꼭 닫힌 책방이 보인다. 닫혀 있지만 사실은 열려 있는 책방이다. 물론 손님은 자신이 그 안에 다시 들어갈 수 없음을 안다. 사실 그는 더이상 손님이 아니다. 더는 그 공간에 속하지 않으므로 그러하다.

한때 손님이었던 그는 이제 다만 누군가이다.

그리고 그는.

자기 자신으로 돌아가기로 한다. 그렇게 다시 한번 결심하고 다짐한다. 언젠가처럼 지금 또한.

그렇게 멈추어져 있던 걸음이 다시 옮겨지기 시작한다.

아름다운 음악이 문틈으로 새어나온다. 거리의 소음이 음악을 조금 삼킨다. 그래도 아랑곳하지 않고 음악은 흐른다. 그 속에 손님이었던 한 사람과 주인이 아니었던 다른 이의 허밍이 섞여 있다는 것은 아무도 모르고 있다.

소음과 하모니

전기화

풍경과 빛과 음악, 그리고 고독한 내 존재는 완벽을 이룬다. 절망과 비관의 늪에 빠져 허우적대던 때도 있었지만 어쩌면 삶이란 꽤 괜찮은 건지도⋯⋯

머릿속의 생각을 맺기도 전, 두 귀가 쫑긋 선다. 반갑지 않은 소리가 한순간 모든 걸 망쳐놓는다.(136~37면)

고요하고도 사색적인 기운으로 고양되어가던 분위기가 순식간에 곤두박질친다. 두 문장 사이의 낙차는, 반갑지 않은 소리의 형태로 '나'의 삶에 침투하는 타인의 존재에 기인한다.「타인의 집」은 셰어하우스 형태로 아파트 방 한칸에 거주하는 청년 '나'의 이야기이다. 소설의 화자인 '나'는 공동 생활자들과의 '공동' 영역을 가능한 한 마련하지 않기 위해 노력하며, 자신만의 생존 기술을 제법

능숙하게 수행해낸다. 방문 밖에서 들려오는 소리를 기민하게 파악하고 어느 시점에 에어팟을 귀에 꽂아야 할지 정확하게 계산하면서 말이다. 그러나 '나'가 체득한 최적의 생존 기술을 발휘할 때마다, '나'는 자신의 조건을, 자신의 사회적 계급을 반복적으로 몸에 각인하게 된다. '나'의 귓속으로 파고드는 타인들의 소리란 그 자체로 소음인 동시에, 소음의 형식으로 구체화된 사회 구조의 영향력에 다름 아니기 때문이다. 전세로 사는 세입자에게 다시 월세로 세 들어 사는 "세입자의 세입자"(157면), 셰어하우스의 아우라를 걷어내면 부동산 계급 구조에서 최하위라는 조건이 적나라하게 드러난다.

물론 '나'와 같은 세대에 속한 청년들이 모두 한데 묶일 수 있는 것은 아니다. 아파트의 예비 구매자인 '신혼부부'나 부모님 대신 집을 보러 온 '이십대로 보이는 남자'는 '나'와는 아예 다른 조건에 놓여 있을 것이다. 그리고 '나'는 자신이 아파트의 주인이 되는 일은 결코 없을 것이라는 사실을 잘 알고 있다. '나'에게, 그리고 나'가 같은 부류로 묶이고 싶지 않아하던 셰어하우스의 동거인들에게, 아파트를 소유한다는 것은 "우리와 하등 상관이 없는 세계의"(167면) 일일 뿐이다. 주거 문제가 인간에게 가장 기본적인 인권의 문제인 동시에 한국사회의 계급을 재생산하는 부의 대물림과 끈적하게 달라붙어 있다는 사실은 굳이 말해질 필요조차 없다. 매주 치솟는 집값 앞에서 연인과 갈라서고, 임용고시를 준비하면서 영어 유치원의 상담교사로 일하며, 이제는 새로운 집주인에 의해 거취의 운명을 부여받게 될 '나'에게는 자괴감과 불안만이 든든한 자원이며, 그것을 미래를 향한 낙관적인 의지로 변환해내는 것만이 '최선'의 자기계발이다.

창에 기대어 선 채 절망의 그림자로부터 스스로를 구해낼 수 있기를 기도하는 한 사람의 구체적인 얼굴과 그와 점점 멀어지면서 눈에 들어오는 세계의 조감도, 그것은 「타인의 집」을 비롯하여 이 소설집에 실린 소설들을 읽고 난 뒤에 남겨지는 주요한 잔상 가운데 하나다. 손원평의 소설에서 인물의 내면으로 깊숙이 침잠하는 감상적 서술을 찾아보기 어려운 것은 아마도 사회적 맥락과 그 영향으로부터 고립될 수 있는 인간의 내면이란 부재하다는 다분히 현실적인 인식에서 비롯되지 않았나 한다. 「타인의 집」의 '나'와 마찬가지로, 소설집 속 인물들은 지극히 일상적인 현실의 문제를 직면하고 있으며, 그 문제가 손쉽게 해결되는 경우란 없다. 장밋빛 미래를 약속하지 않는 결말, 위선도 위악도 없는 정직하고 담백한 서술은 작가의 전작들을 먼저 만났던 독자들에게 조금 낯설게 다가올지도 모른다.

　그러나 손원평의 소설 세계가 언제고 현실과의 거리를 벌려 그것을 제대로 응시하려는 의지와 인물에 대한 다정한 연루의 장력 사이에서 진동해왔음을 알아차린다면, 이번 소설집에서도 작가 고유의 인장을 확인할 수 있을 것이다. 손원평의 소설에서 세계로부터 고립된 인간의 내면이 부재하다는 인식은, 언제고 어떠한 인간도 고립된 채 내버려둬서는 안 된다는 의지로 전화되곤 하니 말이다. 그리하여 현실에 대한 분석이 곧 주어진 현실에 대한 승인과 체념, 냉소로 굴러가지 못하도록 버티게 막는 것은, 손원평의 소설이 쥐고 끝내 놓지 않는 연루에의 감각이다.

　먼저 소설집을 서늘하게 물들이는 소설에서부터 독서를 시작해보려 한다. 이 소설들은 독자들이 소설 속 인물을 낯설게 받아들이도록 만들면서, 그 낯선 감각 자체를 숙고하도록 요청한다.

　「괴물들」의 '여자'는 사고로 다리를 다친 남편과 고등학생 쌍둥이 아들을 둔 아내이자 어머니이고, 어린이집에서 일하는 보육교사이다. 소설의 전반부에서는 여자가 어린이집에서 아이들을 돌보는 모습이 그려지는데, 서술에는 묘한 긴장감과 신경질이 내내 서려 있다. 그것은 어쩌면 여자가 쌍둥이의 노트에서 보았던 "아빠를. 죽일 거야. 오늘, 저녁. 우리 손으로"(42면)라는 충격적인 문장의 영향 때문일 것이다. 과연 쌍둥이들이 정말로 자신들의 아빠를 죽일 것인가, 긴장을 놓지 못한 채 전개되던 소설은 여자가 실제로 남편의 죽음을 확인하는 데로 나아간다. 그리고 소설은 남편의 죽음 이후로도 여자가 집을 떠나지 못한 채 쌍둥이들에게 '복종'하며 살아가는 결말로 마무리될 뿐이다. 「괴물들」은 괴물 같은 쌍둥이에 대한 소설, 여자가 낳았으나 여자가 이해할 수 없는 끔찍한 타인들에 대한 소설로 읽힌다.

그러나 이 소설을 조금 다르게 읽어보는 것도 가능할 것 같다. 소설에서 쌍둥이가 그들의 아버지를 살해했다는 확실한 증거는 어디에도 없다. 어쩌면 독자들이 섬뜩함을 느낀 진짜 이유는 쌍둥이를 괴물로 바라보는 여자의 시선에서 기인한 것은 아닐까? 그렇다면 쌍둥이를 바라보는 시선의 주체인 여자에게 주목해보아야 하는 것은 아닐까? 한때 "더 완벽한"(51면) 가족을 꿈꾸며 아이를 갖기 위해 각고의 노력을 기울였던 여자는, 이제 젊은 엄마들을 향해 "결국 당신들도 잡아먹히고 말 거라고"(58면) 외치고 싶어하는 여자가 되었다. 무엇보다도 여자는 자신을 부르는 바로 그 단어, '엄마'라는 호칭이 그녀 자신의 "인생을 좀먹은 지긋지긋한 단어"(63면)라고 느낀다. 그러므로 여자가 쌍둥이에 대해 가지는 생경하고도 이물적인 감각은 모성애에 관한 통념과 도무지 화해할 수 없다. 여자는 자신을 가르고 나온 쌍둥이를 사랑하는 것이 아니라, 그들에게 '복종'할 뿐이다. '복종'이라는 단어가 날카롭게 드러내는 차갑고 누추한 진실 위에서 "새로 태어난 것 같"(66면)은 기분을 느끼는 여자. '엄마'라는 단어를 찢고 나와 그 허물을 가만히 바라보는 이 여자야말로 이 소설에서 주목해야 하는 존재일지도 모른다.

「괴물들」과 유사하게 「zip」에도 중년의 여성이 등장한다. 「zip」의 '영화'는 겉으로는 '정상가족' 안에서의 충실한 어머니이자 아내로 비추어질 것이다. 그러나 실상 영화는 남편인 '기한'이 벌인 문제들을 뒤치다꺼리하고, 집안의 대소사를 챙기고, 아이들을 키우며 살아온 결혼생활 내내 탈출을 꿈꿔왔다. 아이들이 성인이 될 때까지만,이라는 말로 탈출을 유예해왔던 영화이지만 어느덧 두 아이를 모두 키워내고 나니 탈출이 '너무 늦은 것'으로 느껴진다. "사실은 이대로도 좋은 게 아닐까"(75면) 하는 쪽으로 점점 기우는 가운데 딸의 결혼까지 다가오자, 영화는 "집안의 풍경이 한층 성숙해"(80면)지리라는 기대감까지 가지게 된다. 그러나 기한이 영화에 대해 지닌 무지와 무시를 확인한 순간 영화의 기대는 산산조각이 나고, 그녀의 마음은 다시 들끓기 시작한다.

마침내 딸이 결혼식을 올리고, 기한의 옛 동료의 장례식장에 다녀오던 날, 영화는 아파트 공사 현장의 인공호수 앞에서 기한에게 자신의 진심을 통보한다. 그리고 바로 그 호수에서 기한은 회복 불가능한 뇌 손상을 입은 채 발견된다. 도대체 무슨 일이 일어났던 것일까? 독자들의 의심은 계속 증폭되지만, 소설은 '도대체 무슨 일이 있었는가'가 아니라, '그 이후 그들의 삶은 어떻게 지속되는가'에 주목한다. 영화는 식물인간이 된 기한의 병원비를 대고, 백화점 식품 매장의 캐셔로 일하고, 손녀딸을 돌보며 살아간다. 그저 살아갈 뿐이다.

소설은 영화가 쏟아지는 비를 피해 손녀를 안고 집을 향해 돌아가는 데에서 끝난다. 영화는 '집'이라는 단어의 완고함을 싫어했음에도 기한과 결혼하여 새 집을 이루었고, 그 결정을 내내 후회하며 '탈출'을 꿈꿔왔음에도 스스로 일군 집을 지켜낸다. 집의 균열을 걸어 잠그는(zip) 이가 결혼생활 내내 탈출을 꿈꿔오던 영화라는 사실은 아이러니하게도 느껴진다. 그러나 소설의 마지막 장면에서 영화가 지켜내려는 것은 허구적 실체로서의 집이라기보다는, 자신의 품 안에는 있는 구체적인 한 사람인 듯 보인다. 그녀가 지키려 하는 무구한 손녀의 무궁한 가능성이 어떻게 개화할지는 모를 일이다. 그저 독자들은 그 가능성을 '번쩍' 들어 올려 안고 가는 영화의 뒷모습에서 모종의 결의를 느낄 수 있을 뿐이다.

영화의 이야기에 이어서, 근미래에 살고 있는 할머니 '민아'의 이야기를 읽어보면 어떨까? 「아리아드네 정원」은 "노인 인구가 전체 인구의 절대다수를 차지하는"(104면) 근미래 사회를 배경으로 펼쳐지는 소설로, 이곳에서 노인들은 등급이 매겨진 채 유닛 안에서 관리된다. 민아가 속한 유닛은 '아리아드네 정원'이라는 이름이지만 실상은 A, B, C, D, F 등급 가운데 D등급을 의미한다. 민아는 결혼을 하지 않은 1인 가구였기에 안락사라는 '인도적 죽음'을 맞지 못한 채, A등급에서 시작하여 어느새 D등급에 이를 때까지 유닛생활을 지속해왔다. 민아는 청소와 말동무를 해주는 '복지 파트너'를 신청하여 '유리'와 '아인'을 만나는데, 서사가 전개되면서 민아가 유리와 아인과의 관계를 소중히 대하는 진짜 이유가 서서히 드러난다.

드러나는 것은 그뿐만이 아니다. 급락한 출산율로 인해 정부는 이민자 수용 정책을 펼쳤고, 유리와 아인은 해당 정책으로 들어온 이민자들의 2세이다. 다정하고 너그러운 할머니처럼 보였던 민아가 유리와 아인에 대해 가진 혐오를 독자들에게 점차 누설하면서, 독자들은 과거 민아가 이민자 수용 정책 반대 시위에 참여했었다는 사실 또한 알게 된다. 그러나 현재의 민아는 그러한 혐오를 드러내기에는 너무 늙고 왜소해졌으며, 무엇보다도 유리와 아인의 도움이 절실한 상황이다. 이러한 민아의 속내를 알지 못한 채, 유리와 아인이 전하는 소식은 뜻밖이다. 그들은 불안정 노동을 하던 자신들이 해고되었으며, 이제 자신들은 자국민 청년들과 함께 '세금을 좀먹는' 노인들만을 위한 유닛의 폐지를 주장할 것이라 말한다.

「아리아드네 정원」은 아직 오지 않은 미래 사회를 다루는 SF소설이다. 그러나 소설 곳곳에 깔린 저출생, 고령화, 1인 가구에 대한 차별, 성차별, 외국인 혐오, 불안정 노동, 세대 갈등, 청년세대의 박탈감, 노년세대에 대한 혐오 등은 우리에게 너무도 익숙하다. 소설이 그려내는 '미래'란 지금 한국에서 살아가는 이들이 사실은 모두 알고 있는 한국사회의 면면들이 증폭되어 반영된 공간이자, 사회 구성원인 우리들의 내면에서 진동하고 있는 혐오의 주파수가 극대화된 공간에 다름 아니기 때문이다. 그렇다면 손원평의 미래란 이미 지금 여기에 와 있는 것이 아니겠는가. 차별에 응수하는 차별로, 혐오와 교차하는 혐오로 수많은 전선들이 첨예하게 그어진 불안한 미래/현재 앞에서, 장밋빛 전망으로 손쉽게 고개를 돌리는 대신 지금 우리 사회의 민낯을 다시 직시하는 일부터 시작해야 하지 않겠냐고 소설은 묻는 듯하다.

한편 소설에 대한 질문을 던지는 듯한 소설도 있다. 「문학이란 무엇인가」는 '보라'와 '윤석' 두 인물이 쓴 소설을 다루는, 일종의 소설에 대한 소설이다. 소설의 주요 인물인 보라와 윤석 사이에는 '현준'이라는 인물이 존재한다. 여고생 보라는 학원 선생님이던 현준에게 오랜 시간 공들여 쓴 '미완의 소설'을 보여주지만 현준의 혹평을 듣게 되고, 이에 미완의 소설을 완성시키지 않은 채 자신이 본래 쓰던 웹소설 연재에 몰두하게 된다. 이후 현준의 갑작스러운 죽음을 알게 된 보라는 자신의 글쓰기에 대한 투명한 재인식 위에서, 미완의 소설을 완성시켜 홈페이지에 게시한다. 그러나 공교롭게도 현준은 사고를 당하기 전, 소설가 친구 윤석에게 자신의 소설을 봐달라며 메일을 보내둔 적이 있다. 오랫동안 슬럼프에 빠져 있던 윤석은 현준의 메일에 남겨진 소설을 수정해나가면서 슬럼프를 극복하고 마침내 그 소설을 출판하기에 이른다. 그리고 짐작할 수 있듯이 현준이 보냈던 소설은 보라가 쓴 소설이고, 이로 인해 윤석과 보라는 오랜 공방과 설전을 벌이게 된 것이다.

「문학이란 무엇인가」는 두 사람의 공방 과정을 보여주지 않고, 공방의 결말도 알려주지 않는다. 다만 보라와 윤석이 쓴 소설의 결말이 확연하게 달랐음을 강조할 뿐이다. 윤석은 그 소설이 "조금 더 멋진 '옷'을 입을 가치가 있"(225면)다고 생각하여 결말을 죽음과 비극으로 끝맺어버린 반면, 보라는 "불행을 연료 삼지 않"는 자신만의 글쓰기에 추진력을 얻어 "어둠을 갈라내는 빛"(233면)을 향해 나아가는 소설을 완성한다. 그러나 이 소설은 두 인물의 선악을 명확히 가르는 데 골몰하지는 않으며, 오히려 소설의 제목을 '(당신이 읽고 싶은) 문학이란 무엇인가?'라는 질문의 형태로 변형하여 독자들 손에 쥐여주는 것 같다. 윤석은 현준의 소설을, 정확히는 현준이 보라에게서 훔친 소설을 다시 훔쳐 반질반질하게 닦아내고 그 출처를 지운 뒤 자신의 이름을 내걸었다. 문학계 원로에 의해 그럴싸한 의의까지 부여받게 된, '더 멋진 옷'을 걸친 윤석의 소설은 어떤 이에게는 훌륭한 문학의 조건을 모두 갖춘 듯 보일 것이다. 그러나 다른 누군가는 조금은 거칠지도 모를 보라의 소설 쪽으로 마음이 기울 것이다. 보라의 발을 걸어 넘어뜨리려 한 현준의 숱한 단언에도 거기에 걸려 넘어지지 않고, 씩씩하게 자신만의 소설을 완성해낸 보라에게 기대를 걸고 싶을 것이다.

다시 소설의 시작으로 돌아가, 두 사람 가운데 윤석만이 쓰는 자로 남지는 않는다는 것, 십년에 가까운 시간이 필요했지만 결국은 보라 또한 다시 글을 쓰기 시작했다는 점은 중요해 보인다. 쓰지 않기로 다짐했던 보라가 쓰는 사람으로 변화했다는 사실, 이는 곧 동시대의 수많은 '보라'들에게 건네는 위로와 격려로 읽히기 때문이다. 망령에 사로잡히지 않고 자기 자신을 직시하는 자만이 지닐 수 있는 맑은 결기에 기대를 걸고 싶은 독자들 또한 그들의 곁에 분명 함께할 것이다.

「문학이란 무엇인가」에 작은 여지로서 남겨진 연루에의 감각을 다른 계열의 작품들로 이어볼 수 있다. 소설집의 가장 앞머리에 실린 「4월의 눈」에서부터 시작해보자. 이 소설은 이혼을 이야기하는 '나'와 아내, 그리고 그들의 집을 방문한 '마리'의 이야기이다. 마리는 53세의 핀란드 여성으로, 여행자 비앤비 어플을 통해 부부의 집에 방문하겠다던 약속을 돌연 취소한 뒤 눈 내리는 4월 갑작스레 부부의 앞에 나타난다. 그녀의 출현에 부부는 당혹스러워하지만, 점차 마리의 방문이 뜻밖의 선물처럼 느껴진다. 이를테면 첫날 부부는 단지 마리에게 각방을 쓰는 모습을 보이지 않기 위해 같은 침대에서 등을 돌리고 잠들지만,

이틀째 밤에는 대화를 나누고, 셋째 날에는 "다시 모든 게 좋아지는 듯한 기분을 느"(29면)낀다. 마리라는 낯선 존재가 부부의 삶 속에 기입됨으로써 그들은 다정한 부부라는 역할극을 수행하게 되며, 어쩌면 그것이 이들의 관계를 이전과는 조금 다르게 만든 것처럼 보인다. 그러나 손에 잡힐 듯 가까워 보이던 회복은 끝내 지연되는데, 아슬아슬하게 가려져 있던 아내의 기억과 고통이 다시 비어져 나오기 때문이다. 4월의 눈이 시커멓고 더러운 물로 녹아내리기 시작하듯 누설되어버린 상처의 민낯에 부부는 괴로워한다. 눈 내리는 4월, 마리가 산타클로스처럼 가져다준 선물은 영영 사라져버리고 만 것일까?

그러나 독자들은 소설의 마지막에 이르러 "나를 환영해줄 거라고, 그렇게 믿고 싶었"(39면)던 마음만으로 한국을 찾아온 마리야말로 간절히 호의를 찾아 헤매던 상황이었음을 새롭게 알게 되고, 마리가 가져다준 '선물'의 의미를 조금은 다르게도 해석해보게 된다. '믿고 싶다는 마음'과 '믿음'은 다르다. 전자에는 간절함이, 후자에는 확신이 깃들어 있기 때문이다. 그러나 때로 어떤 사람은 확신이 없어도 '믿고 싶은' 그 간절함에 의지해 믿음으로 건너가기도 한다. 어쩌면 마리가 이들 부부에게 선물한 것은 모든 것이 순식간에 좋아지는 기적이 아니라, 조금이라도 좋아지고 싶다는 그 간절한 마음이었을지도 모른다.

　이어서 상자 같은 마음을 지니기 위해 애쓰던 한 남자의 이야기를 들어보자. 「상자 속의 남자」는 택배 상하차 일을 하는 '나'의 이야기이다. '나'는 자신이 매일 실어 나르는 택배상자처럼 딱딱하고 밀봉된 마음을 유지하기 위해 애쓰는 사람이다. '나'가 이러한 마음을 가지게 된 데에는 형에게 일어난 사고가 강력한 영향을 미쳤다. '나'의 형은 미끄러지는 트럭 아래 깔릴 위기에 처한 소녀를 구해내다가 트럭에 깔렸고, 현재는 어두운 6인실 병실에 누워 천장을 바라보며 지내고 있다. '나'는 형의 상황을 불행으로 해석하며, 그 불행을 이해하기 위해 노력한다. 의미 없는 숨을 쉬고 있는 듯 보이는 형과, 형이 온몸으로 불행을 막아준 덕에 환하고 윤택하게 살아가는 듯 보이는 소녀의 부모를 비교하는 것은 그 과정의 일부다. '나'는 형이 살려낸 소녀의 부모의 가게에 찾아가 어린 소녀의 차갑고 무심한 눈빛을 마주하기도 하는데, 어쩐지 '나'를 둘러싼 세계는 '나'에게 더욱더 견고하고 두꺼운 상자 같은 마음을 가지길 부추기는 것 같다.

　그러나 '나'는 두가지 뜻밖의 사건을 지나며 변화를 겪게 된다. 크리스마스이브에 참혹한 살인 현장의 목격자가 되어버린 '나'는 "등을 떠미는 형의 손길"(184면)을 느끼면서도 아무것도 하지 못한 채 끔찍한 장면을 그저 목도한다. 이후 막연한 마음으로 방문한 장례식장에서 만난 '소년'과의 대화 가운데 '나'는 살인의 현장에서 아무것도 하지 못했다는 죄책감을 느끼고, 자신이 오래도록 비난해왔던 부부의 심정에 대해서도 처음으로 짐작해보게 된다. 그리고 또다른 사건은, '나'가 우연히 한 여자의 생명을 구하는 데 일조한 것이다. 아파트 산책로에서 쓰러진 여자를 발견한 '나'는 뒷걸음질 치지만, 그때 한 소녀가 나타나 여자를 구호하기 시작한다. 정신을 차린 '나' 또한 소녀와 함께 여자를 살리기 위해 애쓰고, 그들의 간절함에 응답하듯 여자는 살아난다. 이어서 '나'는 자신과 함께 여자를 구해낸 소녀가 자신의 형이 구해냈던 바로 그 소녀임을 알아본다.

어쩌면 과거에 '나'가 마주했던 소녀의 차가운 눈빛은 '나' 자신의 절망과 비관의 투영은 아니었을까. 오랜 시간 '나'는 형의 희생이 아무 의미도 쓸모도 없었다고 결론짓고 현재의 상황을 '불행'으로 단정한 채, 형의 선택을 비난하고 싶었던 것일지 모른다. 그러나 '나'는 형이 살려낸 소녀와 함께 다른 사람을 살렸고, 소녀로부터 뜻밖의 감사 인사를 받으며, 이전과는 다른 종류의 마음도 내어보게 된다. 그러니 형의 선택이 가져온 결과란 완결되지 않왔으며, 여전히 이어지고 있고, 앞으로를 향해서도 열려 있는 게 아닐까.

이 소설은 단독으로 읽혀도 좋지만, 작가의 전작인 장편소설 『아몬드』(창비 2017)와의 연속성 위에서 읽을 수 있는 소설이기도 하다. 남자가 목격한 살인 사건이 『아몬드』의 윤재가 겪은 사건이고, 두 인물이 장례식장에서 대화를 나눈다는 점에서 두 소설의 세계는 겹쳐진 채 전개된다. 그러나 무엇보다도 『아몬드』의 윤재와 남자 모두 타인의 손을 잡고 변화하는 인물이라는 점에서 두 소설의 세계관은 닮아 있다. 염세와 냉소 쪽으로 자꾸만 기울어지는 마음을 잡아당기는 힘이란 다른 사람의 존재에서 기인한다는 점, 그리하여 세상이 더 나쁜 곳이 되지 않도록 붙드는 것은 다름 아닌 '서로'의 존재라는 믿음을 두 소설은 공유한다.

이제 소설집의 마지막 소설을 다루며 글을 마무리해보려 한다. 주인과 손님, 단 두명의 인물이 등장하는 「열리지 않은 책방」은 소설집에 실린 소설들 가운데 가장 모호한 분위기를 지녔다. 손님과 주인은 말 그대로 책방 손님과 주인으로 읽어낼 수도 있지만 '환대'라는 개념을 설명하기 위해 동원되곤 하는 손님과 주인의 비유로도 읽힌다.

영업시간은 아니지만 문은 열려 있는 시간, 책방으로 누군가 들어온다. 주인은 조금은 당황한 채로, 그러나 너그러운 태도를 잃지 않고 손님을 대한다. 손님과 주인 두 사람은 오랜만에 다시 만난 사이처럼 보이지만 둘의 구체적인 과거는 드러나지 않는다. 다만 책방을 열기 전 시간이 주인에게 매우 중요하며, 손님이 이 사실을 알고 있으면서도 다소간 완고하게 자리를 잡고 앉은 지금의 상황만이 분명할 뿐이다. 이 소설의 분위기가 모호하지만 기괴하지는 않고, 뜨겁지는 않되 분명히 따뜻한 핵심적인 이유는 주인의 태도에서 비롯된다. 주인은 손님에게 자리를 내어주고, 식사와 차를 대접한다. 자신만의 시공간을 지키고 싶은 마음을 지그시 누른 채, 주인은 자신이 오롯이 향유하던 시간과 공간을 손님에게 내어준다. 손님의 존재를 부드럽게 용인하며 정중하고도 다정한 환대를 수행한 뒤에는, 다시금 단호하고도 정중하게 손님과 이별하고 그가 남기고 간 흔적을 그 자체로 받아들이며 자신의 리듬에 집중할 따름이다.

　자신의 고유한 리듬을 깨뜨린, 이미 들이닥쳐버린 타인의 존재를 있는 그대로 인정하는 주인의 태도에 기대어, 소설에는 불의의 사건이 벌어지는 대신 불가해한 하모니가 발생한다. 이로 인해 손님은 주인의 리듬을 훼방한 존재가 아니라 변주한 존재로, 어쩌면 각자의 자리에서 화음을 쌓아간 협주자로서 위치된다. 그렇게 소설은 헤어진 뒤에도 음악 안에 각자의 허밍을 섞고 있는 두 사람을, 알지 못한 채로도 이미 무언가를 함께하고 있는 두 사람을 그려낸다. 그 무엇도 이상할 것은 없다는 듯이, 중요한 것이란 과거에 대한 자세한 이야기나 미래의 재회에 대한 확실한 약속 같은 것이 아니라, 우리가 알지 못한 채로도 언제나 이미 함께하고 있다는 이 단순하고도 분명한 사실뿐이라는 듯이. 차갑지도 뜨겁지도 않게, 서늘하고도 다정한 표정으로.

田己和 | 문학평론가

첫번째 소설집을 낸다. 오랜 기간에 걸쳐 발표했던 소설들을 돌아보며 엮는 작업은, 각 작품에 당면해 있던 당시의 나를 다시 살피는 경험이기도 해서 새삼스럽기도 하고 머쓱하기도 했다. 정다운 고민을 나눈 이선엽 편집자와 아름다운 추천사를 써주신 백수린 소설가, 언제든 안부 인사를 건네고픈 이다혜 기자, 해설을 써주신 전기화 평론가에게 감사드린다. 채지민 작가의 멋진 그림을 책의 얼굴로 쓰게 되어 으쓱하다.

동명의 단편이 수록되기도 했고, 중구난방의 작품들을 하나로 꿸 수 있기도 해서 '타인의 집'이 소설집의 이름이 됐다. 한때 내가 영화 타이틀로 내밀어본 적이 있던 제목이기도 하다. 사실 '타인의 집'이라는 제목은 웬만한 소설과 영화, 심지어 미술작품이나 시에 붙여도 어색함이 없을 만능 치트키가 아닐까 싶다. 예술은 결국 나에게는 타인인, 그러니까 나와 별개인 이들의 삶을 그리고 들여다보는 행위이기 때문이다.

자본과 관계가 먼 형태의 예술일수록 각 작품 안에서의 개인은 더 소중하고 세심하게 다뤄질 수 있다. 그러므로 늘 쓸모와 유용성을 추궁당하듯 질문받는 문학이 담담히 입을 다물고 있는 것은 문학의 입장에선 그러한 질문들이야말로 쓸모없고 유용하지 않은, 무례한 질문인 까닭일 것이다.

우리는 이상한 시대를 살고 있다. 모든 이의 행동과 생각이 같지 않으면 안 된다는 획일성의 기조가 전염병의 세상하에 한층 더 두텁게 사람들을 잠식해가고 있는 것 같다. 이른바 대세와 다른 생각을 조금도 용납하려 하지 않는 대중이 그렇지 않은 이들에게 복종과 사과를 응징하듯 강요한다.

'여기서의 대중'은 이미 실체가 없는 괴물에 가깝다. 겨냥하는 순간 힘없는 개인으로 낱낱이 부서지지만, 뭉쳐지면 거대하게 몸집을 부풀려간다는 점에서 그렇다. 이 괴물은 정의로 포장된 비이성과 가짜 도덕을 무기로 사용하며, 결코 거울을 볼 줄 모르기에 오히려 목표물로 삼은 누군가를 괴물로 만들어 패배시켜야만 분이 풀린다.

괴물의 목표물이 되지 않는 방법은 가만히 입을 닫고 의견을 말하지 않는 것뿐이다. 대세가 다른 판도로 바뀔 때까지 슬프게도 대다수는 침묵으로 방어하고 부조리를 외면한다. 괴물로부터 스스로를 지키는 건 어쩔 수 없다 하더라도, 나와 남을 가만히 들여다보는 일을 게을리하지 말자. 그러면 나의 우주가 그렇듯, 타인의 우주 안에도 다양한 작동 원리가 있다는 점을 깨닫게 된다. 비단 괴물이 되지 않기 위해서뿐 아니라 누군가와의 진정한 소통을 위해서도, 홀로인 자신으로서 오롯이 존재하기 위해서도 타인을 향한 시선은 고요하게 살피는 눈길이어야 한다. 문학의 행위가 타인의 집을 평가하지 않고 들여다보는 행위라면 책의 구실은 분명하다.

책은 우리를 대중에서 시민으로, 관중에서 독자로 이끈다.

물론 이 책은 부끄럽게도 그런 훌륭한 일을 해낼 만한 대단한 책은 아니다. 그러나 이 책의 제목이 제시하는 바를 독자들이 가끔이라도 가슴에 품어준다면 나로서는 뿌듯할 것이다.

2021년 여름
손원평

| 수록작품 발표지면 |

4월의 눈 … 『창작과비평』 2017년 겨울호

괴물들 … 『몬스터: 한낮의 그림자』(한겨레출판 2020)

zip … 『자음과모음』 2018년 가을호

아리아드네 정원 … 『나의 할머니에게』(다산북스 2020)

타인의 집 … 『창작과비평』 2021년 봄호

상자 속의 남자 … 『두 번째 엔딩』(창비 2021)

문학이란 무엇인가 … 『악스트』 2018년 1·2월호, 「이것은 아니다」

　　로 발표.

열리지 않은 책방 … 서울국제도서전 리미티드 에디션 『서점들』

　　(2018)

타인의 집

초판 1쇄 발행 • 2021년 6월 18일
초판 5쇄 발행 • 2021년 11월 17일

지은이 / 손원평
펴낸이 / 강일우
책임편집 / 이선엽
조판 / 박지현
펴낸곳 / (주)창비
등록 / 1986년 8월 5일 제85호
주소 / 10881 경기도 파주시 회동길 184
전화 / 031-955-3333
팩시밀리 / 영업 031-955-3399 · 편집 031-955-3400
홈페이지 / www.changbi.com
전자우편 / lit@changbi.com

ⓒ 손원평 2021
ISBN 978-89-364-3845-6 03810